TABLES

...ÉRAIRE ET BIBLIOGRAPHIQUE

DU

... du Bouquiniste

PUBLIÉES

... A. AUBRY, Libraire

1857-1858

PARIS

CHEZ AUGUSTE AUBRY, LIBRAIRE

RUE DAUPHINE, 16

1859

TABLES

DU

Bulletin du Bouquiniste

1857-1858

COLLABORATEURS :

ANDRIEUX (J.).
ASSELINEAU (Ch.).
BARBIER (Olivier).
BARBIER (A. T.).
BARET (Eugène).
BARTHÉLEMY (E. de).
BARTHÉLEMY (A. de).
BEAUREPAIRE (E. de).
BLANC (Ch.).
BODIN.
BOITEAU (P.).
BORDEAUX (Raymond).
BORDIER (H.).
BOULMIER (J.).
BRESSOLLES aîné.
BRUNET (Gustave).
CARNANDET (J.).
CASTAIGNE (E.).
CHASSANT (Alph.).
CHEREAU (le docteur).
CHEVREUL (H.).
COCHERIS (H.).
COLOMBEY (E.).
CORMONT (D.).
DESCHAMPS (P.).
DESTOUCHES (Al.).
DU PRAT (marquis).
FERTIAULT (F.).
FOLLIN (d[r] E.)
GALITZIN (le prince Aug.).
HELBIG (H.).
HIPPEAUC.
HIVER DE BEAUVOIR.
HOFFMAN (P. L. A.).
JACOB (Paul Lacroix, biblioph.)
LA FONS MELICOCQ (de).
LANÇON (Durand de).
LE ROUX DE LINCY.
LOCK (Fr.).
MANNIER.
MASSON (Gust.).
NICOLAS (Michel).
PELLETIER (l'abbé V.).
POSTEL (M. l'abbé).
PUYMAIGRE (comte de).
RATHERY (E. J. B.).
RIBAULT DE LAUGARDIÈRE.
RUELENS (Ch.).
SAINT-GERMAIN (J. T. de).
SOREL (Alex.).
SOURDEVAL (Ch. de).
THALÈS-BERNARD.
TRAVERS (Julien).
VERGNAUD-ROMAGNESI.

PARIS. IMPRIMERIE PILLET FILS AÎNÉ, RUE DES GRANDS-AUGUSTINS, 5.

TABLES

LITTÉRAIRE ET BIBLIOGRAPHIQUE

DU

Bulletin du Bouquiniste

PUBLIÉ

Par A. AUBRY, Libraire

1857-1858

PARIS
CHEZ AUGUSTE AUBRY, LIBRAIRE
RUE DAUPHINE, 16

1859

AVERTISSEMENT.

La table du *Bulletin du Bouquiniste* est divisée en deux parties.

La première renferme les noms des collaborateurs du *Bulletin*, l'indication de leurs articles, comptes rendus ou travaux originaux, les titres des ouvrages qui sont l'objet de ces comptes rendus et les noms des auteurs de ces ouvrages.

La deuxième contient les noms de tous les auteurs, traducteurs, commentateurs, cités dans les 8,484 numéros du *Bulletin*; l'indication de tous les ouvrages anonymes que l'on trouvera, suivant la méthode de Barbier, au premier mot du titre; enfin, et ce qui est d'une grande utilité, la liste des noms de lieux auxquels tous les ouvrages historiques ou géographiques peuvent se rapporter.

Comme on le voit, ces tables sont appelées à rendre un véritable service, non-seulement à l'amateur qui veut s'enquérir des ouvrages que nous pouvons posséder encore et qu'il désirerait acheter, mais aussi au bibliophile qui veut connaître le prix des livres, et au savant qui cherche à recueillir les titres d'ouvrages relatifs au même sujet.

La valeur bibliographique particulière à notre *Bulletin*, valeur que nous tenons essentiellement à établir, c'est de donner

l'indication exacte d'un grand nombre d'ouvrages rares, d'opuscules tirés à petit nombre, de minces plaquettes, de tirages à part, que les journaux même spéciaux ne donnent que très-rarement et toujours d'une manière incomplète.

Nous espérons que le soin apporté à la rédaction de cette table, ne fera qu'augmenter la valeur du recueil, objet continuel de nos constants efforts et de nos soins les plus assidus.

A. A.

TABLE

DES

ARTICLES LITTERAIRES ET BIBLIOGRAPHIQUES

DU

Bulletin du Bouquiniste.

1857-1858

A

A. A. Note sur *Etienne Dolet, sa vie, ses œuvres, son martyre*, par Joseph Boulnier; I, p. 345.

A. B. rend compte du livre intitulé *Goya*, par D. Matheron; II, p. 47.

Académie française (harangues de messieurs de l'). *Voy.* Hiver de Beauvoir.

A. de B. rend compte de la *Cosmographie moscovite*, par André Thevet, publiée par le P. Aug. Galitzin; II, p. 75. — Rend compte du *Combat de trente Bretons contre trente Anglais*, par M. Pol de Courcy; II, p. 250.

Advocacie Notre-Dame (l'), par Alph. Chassant. *Voy.* R. Bordeaux.

A. G. rend compte de la *Vie du pape Grégoire le Grand, légende*, publiée par V. Luzarche; I, p. 391. — Des *Entretiens sur la vie cachée de Jésus-Christ en l'Eucharistie*, par le P. Ch. Lallemant; p. 446. — Des *Souvenirs de charité*, par le comte de Falloux; p. 448. — Des *Maximes de Saint-Ignace*; II, p. 52. — D'un *Journal d'un missionnaire au Texas et au Mexique*, par l'abbé Domenech; p. 417. — De la *Bibliothèque de la famille*, publiée sous la direction de l'abbé Orse; p. 456. — De la *Chasse royale*, composée par le roi Charles IX; p. 459. — De la *Sagesse chrétienne, ou les Principales vérités du christianisme*; p. 460.

Andrieux (J.) rend compte de l'*Etude sur la poésie populaire en Normandie*, par E. de Beaurepaire; I, p. 220. — De l'*Histoire du canton d'Athis*, par le comte de la Ferrière Perry; II, p. 335. — Son *Courrier des provinces*, p. 449, 510.

Asselineau (Ch.) rend compte de l'*Etude sur Daniel Huet*, par l'abbé Flottes; II, p. 51. — De la *Vraie histoire comique de Francion*, éditée par Em. Colombey; p. 389.

B

B***. *Voy.* Demandes joyeuses.

Balzac. *Voy.* Jacob (le biblioph. P. L.),

Barbet de Jouy (H.). *Voy.* Mosaïques chrétiennes.

Barbier (Olivier) rend compte de l'ouvrage intitulé : *Catalogus librorum doctoris, D. Joach. Gomez de la Cortina*; II, p. 536.

Barbier (A. T.), sa lettre sur Ménage; II, p. 218. — Envoie une sommation par huissier pour l'insertion d'une réponse au bibliophile Jacob, à propos de son article sur Ménage; p. 353. — Publie un article sur les Rives de la Seine et les bords de la Tamise; p. 386.

Barbou (Vente de la bibliothèque de M.); I, p. 51.

Baret (Eug.), sa lettre relative aux mots

castillans usités dans le roman du midi; I, p. 586 — Sa lettre au sujet de la Collection des œuvres dramatiques de Lope de Véga, réunie par M. Vincent Salvà; II, p. 83.

Barthélemy (de) rend compte de la *Correspondance de Charles IX et de Catherine de Médicis avec Gaspard de Tavannes*; II, p. 103. — De l'*Histoire des conquêtes et de l'administration de la compagnie anglaise du Bengale*, par W. Bolts; p. 164. — De la *correspondance entre Boileau-Despréaux et Brossette*; p. 278.

Basse Court (Fabrice de la). *Voy*. Fabrice.

Beaurepaire (E. de), sa lettre au sujet d'un livret intitulé : *la Friquassée crotestyllionée des antiques modernes*, etc.; II, p. 241. *Voy*. Andrieux.

Bible des noëls (la), par Ch. Ribault de Laugardière. *Voy*. Fertiault.

Bibliographie poétique par huissier. *Voy*. Barbier (A. T.).

Bibliothèque de la famille, publiée sous la direction de l'abbé Orse. *Voy*. A. G.

Bibliothèque de Sévastopol en 1855 (notice sur la); I, p. 295.

Bibliothèque impériale (document inédit pour l'histoire de la). *Voy*. Lock.

Bibliothèque militaire du duc de Gênes; II, p. 77.

Blanc (Ch.), sa lettre au sujet du Musée de peinture de Nantes; II, p. 542.

Blanchemain (Prosper). *Voy*. Ruelens (C.), *Idéal*.

Bodin, sa lettre relative au *combat des trente Bretons*; II, p. 388.

Boiteau (P.) rend compte du livre intitulé : *Relation de trois ambassades de Mgr le comte de Carlisle*, publiée par le prince Galitzin; I, p. 247. — Sa lettre relative au sujet du Montesquieu, du roi de Prusse; II, p. 330.

Bolts (Will.). *Voy*. *Histoire des conquêtes*.

Bonnardot. *Voy*. Essai sur l'art de restaurer les estampes.

Bordeaux (Raymond) rend compte du livre intitulé : *Maldonat et l'Université de Paris*, par le P. Prat; I, p. 278. — De l'*Advocacie Notre Dame* et du *Petit vocabulaire latin-français du* XIIIe siècle, publié par M. Chassant; p. 343. — Des *la Boderie, étude sur une famille normande*, par le comte H. de la Ferrière Percy; p. 473. — De la *Vie de Sainte-Térèse*, par le P. Marcel Bouix; p. 584. — De la *Revue bibliographique du Midi*; II, p. 194. — De l'*Essai sur l'art de restaurer les estampes*, par M. Bonnardot; p. 279. — Publie un document sur le prix de divers objets de librairie fournis à une église de campagne à la fin du seizième siècle; p. 328. — Rend compte de la *notice sur le doctorat en droit* de M. de Fontaine de Resbecq; p. 361. — De *Froissart, étude littéraire sur le quatorzième siècle*, par Kervyn de Lettenhove; II, p. 419. — Du *Portrait de Eléazar de Chandeville*, neveu de Malherbe; p. 568.

Bordier (H.) rend compte de *Etienne Dolet, sa vie, ses œuvres, son martyre*, par Jos. Boulmier; I, p. 536. — Sa lettre au sujet de l'*Hortus epitaphiorum*; II, p. 109.

Bouhours (le P.). *Voy*. Hiver de Beauvoir.

Bouix (le P. Marcel). *Voy*. Vie de Sainte-Térèse.

Boulmier (J.); I, p. 345 — Rend compte des *sonnets humouristiques* de J. Soulary; II, p. 333. — De l'*Histoire de la crinoline*, par Alb. de la Fizelière; p. 626. — *Voy*. Rimes loyales. — Estienne Dolet.

Bressolle aîné (M.), lettre sur les *Amusements curieux et comiques*, de Dufresne; I, p. 323.

British museum (le), à propos d'un article de M. Le Roux de Lincy, inséré dans la *Revue contemporaine*; II, p. 563.

Brunet (G.) donne une notice sur le *Quérard*; I, p. 18. — Sur les démêlés de Don Quichotte de la Manche avec l'Inquisition; 324. — Sur le *Pays basque, sa population*, etc., par Fr. Michel; p. 506. — Sur la *Notice sur Pierre de Brach*, par R. Dezeimeris; II, p. 330.

B. T. Notice sur la *Bibliothèque militaire* du duc de Gênes; II, p. 77.

Busch (aperçu de quelques prix de la vente); I, p. 222.

C

Cabinet historique (le); I, p. 451.

Carnandet (J.) rend compte de *Fabrice de la Basse Court*, par R. Chalon II, p. 418. — De la *Notice historique*

et liturgique sur les cloches, par l'abbé J. Corblet; p. 418.—De l'*Entrée en Espagne, chanson de geste*, publiée par L. Gautier; p. 512. — Des *Clercs à Dijon*, par Ch. Muteau; p. 512.

Castaigne (E.); I, p. 324. — Sa lettre sur Pierre Guillebaud, connu sous le nom de Pierre de Saint-Romuald, à propos de l'article du bibliophile Jacob sur l'*Hortus epitaphiorum*; I, p. 555.

Ch. Al. rend compte des mémoires inédits de Jean Rou, publiés par Fr. Waddington; I, p. 411.

Chalon (Renier). *Voy.* Fabrice.

Chassant (Alph.). *Voy.* R. Bordeaux. — Nobles et vilains (les). — Ses recherches sur l'auteur inconnu du roman du *Châtelain de Coucy et de la dame de Fayel*; II, p. 157. — Sa notice sur un ouvrage de Montesquieu annoté par le grand Frédéric; p. 245. — Sa réponse au bibliophile Jacob au sujet de ses recherches sur l'auteur inconnu du roman du châtelain de Coucy; p. 323.

Chasse royale (la) composée par le roy Charles IX, nouvelle édition, par Henri Chevreul. *Voy.* A. G.

Chereau (le docteur), sa lettre au sujet des recherches de M. Chassant sur l'auteur du roman du châtelain de Coucy et de la dame de Fayel; II, p. 277.

Chevreul (H.) rend compte de *la Vénerie française*, par le baron Lecouteulx; II, p. 363. — Des Noëls d'Aimé Piron, publiés par Mignard; p. 455. *Voy.* Chasse royale (la).

Clément XIII et Clément XIV, par le R. P. de Ravignan. *Voy.* E. J. B. R.

Clercs à Dijon (les), note pour servir à l'histoire de la bazoche, par Ch. Muteau. *Voy.* Carnandet.

Cocheris (H.), sa notice littéraire sur le *Philobiblion*; I, p. 13 à 17, 41 à 47. — Sa notice sur la société smithsonienne et ses publications; p. 97 à 104, 183 à 192. — Rend compte des *Voyages littéraires sur les quais de Paris*, par A. de Fontaine de Resbecq, et de l'*Histoire d'un livre*, par Mary Lafon; p. 504. — Du *Nouveau manuel de bibliographie universelle*, par F. Denis; p. 527. — Sa lettre au sujet de l'article de M. Chassant sur l'auteur inconnu du roman du châtelain de Coucy et de la dame de Fayel; II, p. 157. — Rend compte des *Variétés littéraires, morales et historiques*, de M. S. de Sacy; p. 353. — Des recherches sur la géographie et la topographie de la cité d'Auxerre, par M. Quantin; p. 364. — Du *Dictionnaire universel des contemporains*, par G. Vapereau; p. 561.

Colombey (E.). *Voy.* Vraie histoire comique de Francion. — Rend compte de *Retif de la Bretonne, sa vie et ses amours*, par Ch. Monselet; II, p. 457.

Combat de trente Bretons contre trente Anglais (le), par Pol de Courcy. *Voy.* A. de B. et Bodin.

Complaisant, ou l'Ecole du monde (notice sur le); I, p. 155.

Corblet (abbé J.). *Voy.* Notice historique.

Cormont (D.) rend compte des *Chansons et saluts d'amour*, de Guillaume de Ferrière, publiées par L. Lacour.; I, p. 105.

Corneille (P.); II, p. 6.

Correspondance de Charles IX et de Catherine de Médicis avec Gaspard de Tavannes. *Voy.* Barthélemy (de).

Correspondance entre Boileau-Despréaux et Brossette. *Voy.* Barthélemy (de).

Correspondance du Bulletin; II, p. 409, 565.

Correspondance littéraire (la), revue mensuelle; I, p. 410.

Cosmographie moscovite, par André Thevet. *Voy.* A. de B.

Costabili (Vente de la bibliothèque du marquis); II, p. 54.

Cotton des Houssayes (l'abbé); I, p. 403.

Coudray-Mannier. *Voy.* Histoire de la bande.

Courrier anglais. *Voy.* Masson (Gust.).

Courrier des provinces. *Voy.* Andrieux.

Courrier russe; II, p. 269.

Crébillon fils; I, p. 475.

D

D. de L. De l'inutilié des errata; II, p. 8.

Demandes joyeuses en manière de quolibets (Notice sur une traduction anglaise d'un livre rare intitulé); I, p. 104.

Denon. *Voy.* Jacob (le biblioph. P. L.).

Découvertes bibliographiques par M. de la Fons de Melicocq; II, p. 187.

Deschamps (P.) communique une lettre inédite du poëte Gilbert; II, p. 477.

Description d'une ancienne bannière de la ville d'Orléans, etc., par Vergnaud Romagnesi. *Voy.* Sorel.

Destouches (Alex.), sa notice sur la poésie religieuse et populaire du dix-neuvième siècle; I, p. 300. — Sur Rabelais et Théophile Solengi; II, p. 248. — Ecrit au sujet d'un article du bibliophile Jacob sur la *Dénonciation faite au public sur les dangers du jeu*; p. 25. — Rend compte du procès de trois rois, Louis XVI de France Bourbon, Charles III d'Espagne Bourbon et Georges III d'Hanovre; p. 481.

Devoirs et des qualités du bibliothécaire (des), discours latin prononcé par l'abbé Cotton des Houssayes et traduit par Gratet-Duplessis; I, p. 403.

Dezeimeris (Reinhold). *Voy.* Notice sur Pierre de Brach.

Dialogue de Thoinette et d'Alizon. *Voy.* E. G.

Dictionnaire des contemporains par G. Vapereau. *Voy.* Cocheris (H.).

Documents à retrouver. *Voy.* Rathery.

Dolet (Est.); I, p. 345, 536.

Domenech (l'abbé). *Voy.* Journal d'un missionnaire au Texas.

Dorat. *Voy.* Jacob (le biblioph. P. L.).

Du Prat (le marquis). *Voy.* Généalogie historique, anecdotique et critique de la maison du Prat. — Rend compte de la *Revue de l'Anjou et du Maine*; I, p. 587.

E

E. C..., sa notice sur le *dialogue de Thoinette et d'Alizon*, publiée par M. A. de la Fizelière; I, p. 218. — Sur la *vie d'Ant. du Prat*, par le marquis du Prat; p. 299.

E. J. B. R. rend comte de la *France littéraire* de M. Quérard; I, p. 408.— De *Clément XIII et Clément XIV*, par le R. P. de Ravignan; p. 532.

Entrée à Orléans, en 1469, du duc d'Orléans, Louis II, plus tard roi de France sous le nom de Louis XII. *Voy.* Vergnaud Romagnesi.

Entrée en Espagne (l'), chanson de geste, publiée par L. Gautier. *Voy.* Carnandet.

Entretiens sur la vie cachée de Jésus-Christ en l'eucharistie, par le Père Ch. Lallemant. *Voy.* A. G.

E. R., sa notice sur la fauconnerie de Jacques de Léon d'Aix; II, p. 215.

Errata (de l'inutilité des). *Voy.* D. de L.

Essai d'une théorie catholique du langage, par L. Gautier. *Voy.* Louvernay (H. de).

Essai sur l'art de restaurer les estampes et les livres, par Bonnardot. *Voy.* R. Bordeaux.

Etude sur Daniel Huet, par l'abbé Flottes. *Voy.* Asselineau.

Etude sur la poésie populaire en Normandie. *Voy.* Andrieux.

Evangile selon saint-Matthieu, publié en basque par le prince C. L. Bonaparte, (Notice sur l'); I, p. 247.

F

Fabrice de la Basse-Court, pasteur de l'église wallonne d'Amsterdam, par Renier Chalon. *Voy.* Carnandet.

Fac simile de médailles des familles romaines (notice sur un livre intitulé); I, p. 298.

Falloux (le comte de). *Voy.* Souvenirs de charité.

Fauconnerie de Jacques de Léon d'Aix (de la). *Voy.* E. R.

Faux Pierre III (le), par Alexandre Pouchkin, traduit du russe par le prince Aug. Galitzin. *Voy.* Sourdeval.

Ferrières (Guillaume de). *Voy.* Cormont.

Fertiault (F.) rend compte de *la Bible des noëls*, étude de M. Ribault de Laugardière; I, p. 369. — Des *rimes loyales*, par Jos. Boulmier; p. 448. — Des *Noëls nouviaux sur des vieux airs*; II, p. 134. — De l'*Idéal*, par Pr. Blanchemain; p. 595.

Flottes (M. l'abbé). *Voy.* Etude sur Daniel Huet; II, p. 51.

Fontaine de Resbecq (A. de). *Voy.* Voyages littéraires. — Notice sur le doctorat en droit.

France littéraire, ou Dictionnaire bibliographique, par Quérard. *Voy.* E. J. B. R.

Fresne (de). *Voy.* Invention.

Frère (Edouard). *Voy.* Manuel du bibliographe normand.

Friquassée crotestyllionée des antiques modernes (la). *Voy*. Beaurepaire.

Froissart, étude littéraire sur le dix-neuvième siècle, par Kervyn de Lettenhove. *Voy*. Bordeaux.

G

Galitzin (le prince). *Voy*. Boiteau. — A. de B. — Sourdeval (Ch. de).

Gautier (L.). *Voy*. Essai d'une théorie. — Quelques mots sur l'étude. — Entrée en Espagne.

Généalogie historique, anecdotique et critique de la maison du Prat, par le marquis du Prat. *Voy*. Hippeau (C.).

Gilbert (le poëte). *Voy*. Deschamps.

Goya, par L. Matheron. *Voy*. A. B.

Gratet-Duplessis donne une traduction du discours latin de Cotton des Houssayes, intitulé : Des devoirs et des qualités du bibliothécaire; I, p. 403.

Guillebaud (Pierre), connu sous le nom de Pierre de Saint-Romuald. *Voy*. Castaigne (Eus.).

Guilleminot (le Père J.). *Voy*. Sagesse chrétienne.

H

H...., sa notice sur la bibliothèque de Sévastopol en 1855; I, p. 295. — Sa notice sur l'imprimerie russe à Londres; p. 452.

H. de L. rend compte de l'histoire de l'abbaye de Saint-Etienne de Caen; I, p. 509.

Hect. de L. rend compte de *l'Invention*, dialogue philosophique de Manzoni, trad. de l'italien par de Fresnes; II, p. 391.

Helbig (H.) communique une note sur Walef; II, p. 132.

Hippeau (M.). *Voy*. Histoire de l'abbaye de Saint-Etienne de Caen; I, p. 509. — — Rend compte de *Nobles et vilains* de M. Alph. Chassant; p. 529. — De la *Généalogie historique, anecdotique et critique de la maison du Prat*, par le marquis du Prat; p. 531.

Histoire de la bande d'Orgères, par Coudray-Maunier. *Voy*. Sorel.

Histoire de la crinoline, par Alb. de la Fizelière. *Voy*. Boulmier.

Histoire des conquêtes et de l'administration de la compagnie anglaise au Bengale, par W. Bolts. *Voy*. Barthélemy.

Histoire d'un livre par Mary Lafon. *Voy*. Cocheris (H.).

Histoire de l'abbaye de Saint-Etienne de Caen, par M. Hippeau. *Voy*. H. de L.

Histoire du canton d'Athis (Orne) et de ses communes par le comte H. de la Ferrière Percy. *Voy*. Andrieux.

Hiver de Beauvoir (A.) donne une notice sur les livres décriés. : 1° Mémoire de Sully; I, p. 47 à 50. — 2° Saint-Evremond; p. 69 à 76, 125 à 136. — 3° Testament politique du cardinal de Richelieu; p. 211 à 212, 239 à 246, 267 à 277. — 4° Les Harangues de messieurs de l'Académie; p. 335 à 343. — 5° L'Abbé de Saint-Pierre; II, p. 273 à 277, 299 à 301. — Le Père Bouhours; p. 505 à 509, 533 à 538. — La Dîme royale, par Vauban; p. 589 à 595, 622 à 626.

Hoffman (P. L. A.), de Hambourg, envoie une description bibliographique de l'ouvrage intitulé : *le Repentir et l'amour*; II, p. 133. — Adresse une liste de livres relatifs à Jeanne d'Arc; p. 219. — Communique une lettre inédite de Bernard de Montfaucon à Conrad de Nidow; p. 479.

Hurons et les Abnaquis du Canada (les); II, p. 8.

I

Idéal, par Pr. Blanchemain. *Voy*. Fertiault (F.).

Images distribuées aux fidèles (du prix des). *Voy*. Lafons de Melicoq.

Imitation de Jésus-Christ (des variantes de l'), par P. Corneille; II, p. 6.

Infortunes d'un curé qui voulut garder sa barbe, fragment d'un poëme présumé inédit au dix-septième siècle. *Voy*. Pelletier (l'abbé Vict.).

Invention (de l'), dialogue de Manzoni, trad. de l'italien par de Fresne. *Voy*. Hect. de L.

J

Jacob (le bibliophile P. L.), notice sur l'opuscule intitulé : *Point de lendemain*, est-il de Denon, Dorat ou Balzac? I, p. 153. — Un livre connu, qui n'a jamais existé, ou notice sur *les pieds de mouche ou nouvelles noces de Rabelais*; p. 192. — Notice sur le véritable auteur de quelques ouvrages de

Restif de la Bretonne; p. 372, 393. — Sa notice sur les *Mémoires du comte de Modène, par J. B. Mielle,* qu'il attribue à Molière; p, 412. — Supercheries bibliopoliques; p. 471. — Sa notice sur l'*Hortus epitaphorium*; p. 503. — Sur la dénonciation faite au public sur les dangers du jeu; p. 534. — Sur l'ouvrage intitulé : *Scipionis Capicii de principiis rerum*; p, 535. Sa réponse à la lettre de M. Castaigne, au sujet de l'*Hortus epitaphiorum*; p. 558. — Sa notice sur les marques des libraires Denis Roce et Bernard Aubri; p. 589. — Sa lettre au sujet des recherches de M. Chassant sur l'auteur du roman du châtelain de Coucy et de la dame de Fayel; II, p. 213. — Réponse à M. A. T. Barbier, sur le Ménage Isarn; p. 271.

Jeanne d'Arc (notice sur les divers ouvrages et sur les nombreux écrits relatifs à). *Voy.* Vergnaud Romagnesi. — Puymaigre (comte de). — Hofmann; II, p. 410.

Jeanest Saint-Hilaire (A.). *Voy.* Notariat et des offices (du).

Journal d'un missionnaire au Texas et au Mexique, par l'abbé Domenech. *Voy.* A. G.

K

Kervyn de Lettenhove. *Voy.* Froissart.

L

La Beaumelle; I, p. 475.

La Boderie (les), étude sur une famille normande, par le comte H. de la Ferrière Percy. *Voy.* R. Bordeaux.

Laborde (comte de). *Voy*, le Roux de Lincy.

Lacour (L.). *Voy.* Cormont (D.).

La Ferrière Percy (le comte H. de). *Voy.* Histoire du canton d'Athis. — La Boderie.

La Fizelière (Albert de). *Voy.* E. G. Histoire de la crinoline.

La Fons-Melicocq (de) communique un document précieux pour l'histoire de l'imprimerie; II, p. 187. — Envoie une notice sur deux incunables; p. 506. — Un article sur les manuscrits de la collégiale de Saint-Pierre de Lille; p. 411. Sur les noms de diverses sortes de papiers employées au moyen âge dans le nord de la France; p. 482. — Communique une notice sur le livre d'argent de Saint-Pierre de Guise, les missels des églises rurales et le prix des images distribuées alors aux fidèles; p. 538.

Lallemant (le Père Ch.). *Voy. Entretiens sur la vie cachée.*

La M*** (Ph. de) rend compte de l'ouvrage de M. R. Bordeaux, intitulé : *Philosophie de la procédure civile, etc.*

Lançon (Durand de), son compte rendu de l'ouvrage de M. Lempertz, intitulé : *Album pour servir à l'histoire de la librairie*; I, p. 431.

Lecouteulx (le baron). *Voy.* Vénerie française.

Légende du bienheureux Raoul de la Roche Aymon, de l'ordre de Cîteaux; II. *Voy.* M. J. S. P.

Le Hericher, sa notice sur Jean de Vitel, Avranchois; II, p. 101.

Lemercier (Abel). *Voy.* Sorel.

Lempertz (H.). *Voy.* Lançon (Dur. de).

Le Roux de Lincy rend compte de l'ouvrage de M. le comte de Laborde, intitulé : *De l'union des arts et de l'industrie*; I, p. 363.

Lettre inédite de Bernard de Montfaucon à Conrad de Widow, communiquée par H. Hoffmann, de Hambourg; II, p. 479.

Lettre inédite du poëte Gilbert, communiquée par P. Deschamps. *Voy.* Deschamps.

Lettres à l'éditeur à propos de l'abus des nudités de gorge; II, p. 137. — Au sujet d'une traduction française des Novelles de Casti; p. 138. — Sur quelques livrets rares; p. 138.

Librairie (prix de divers objets de) fournis à une église de campagne à la fin du seizième siècle. *Voy.* R. Bordeaux.

Librairie (prix de divers objets de) et reliure au commencement du seizième siècle. *Voy.* Ribault de Laugardière.

Livre d'argent de Saint-Pierre de Guise (le). *Voy.* La Fons de Melicocq.

Livres décriés (des). *Voy.* Hiver de Beauvoir.

Livres imaginaires (des); I, p. 324.

Lock (Fr.) publie un document inédit pour l'histoire de la bibliothèque impériale; II, p. 381.

Lope de Vega; II, p. 83.

LOUVERNAY (H. de) rend compte du *Vocabulaire du haut Maine*; I p. 445. — Des *Mosaïques chrétiennes*, par H. Barbet de Jouy; p. 447. — Du *Recueil des plaisants devis récités par les supposts du seigneur de la Coquille*; II, p. 131. — D'un *Essai d'une théorie Catholique de l'origine du langage*, par L. Gautier; p. 338. — De *Quelques mots sur l'étude de la paléographie*, par le même; *ibid.*

LUZARCHE (V.). *Voy.* A. G.

M

Maldonat et l'université de Paris. *Voy.* Bordeaux (Raymond).

MANNIER (M.), sa lettre sur l'origine du nom de Nogent-le-Rotrou; I, p. 476.

Manuel de bibliographie universelle (nouveau), par Ferd. Denis, P. Pinson et de Martonne. *Voy.* Cocheris (H.).

Manuel du bibliographe normand, par Edouard Frère. *Voy.* Saint-Germain (J. T. de).

Manuscrits de la collégiale de Saint-Pierre de Lille; prix des reliures, salaires des calligraphes des quinzième et seizième siècles. *Voy.* La Fons de Melicocq.

Manuscrit du Père Martin. *Voy.* Travers (Jul.).

Manuscrits slaves de la bibliothèque impériale (les), par le P. Martinof; II, p. 192.

MANZONI. *Voy.* Invention.

MARTINOF (le P.). *Voy.* Manuscrits de la bibliothèque impériale.

MARY-LAFON. *Voy.* Histoire d'un livre.

MASSON (Gustave), son courrier anglais; II, p. 17, 73, 129, 185, 243, 297, 357, 437, 618.

MATHERON (L.). *Voy.* Goya; II, p. 47.

Mémoires inédits et opuscules de Jean Ron, publiés par Fr. Wadington; I, p. 411.

MICHEL (Francis). *Voy.* Pays basque (le).

MIGNARD. *Voy.* Noëls d'Aimé Piron.

Missels des églises rurales (les). *Voy.* La Fons de Melicocq.

M. J. S. P. rend compte de la *Légende du bienheureux Raoul de la Roche-Aymon*; II, p. 440.

MOLIÈRE collabore au mémoire du comte de Modène; I, p. 412.

MONSELET (Ch.). *Voy.* Rétif de la Bretonne.

Montesquieu annoté par le grand Frédéric (un ouvrage de); II, p. 245, 330.

MONTFAUCON (Bernard de). *Voy.* Lettre inédite.

Mosaïques chrétiennes des basiliques (les), par H. Barbet de Jouy. *Voy.* Louvernay (H. de).

Mots castillans usités dans le roman du midi (des); II, p. 83.

Musée de peinture de Nantes. *Voy.* Ch. Blanc.

MUTEAU (Ch.). *Voy.* Clercs à Dijon.

N

NICOLAS (Michel), lettre sur l'*Asiatique toléront*, attribué à Crébillon fils et restitué à la Beaumelle; I, p. 475.

Nobles et les vilains (les), par M. Alph. Chassant. *Voy.* Hippeau (C.).

Noëls bourguignons de B. de la Monnaye (les). *Voy.* *Thalès-Bernard.*

Noëls d'Aimé Piron, publiés par Mignard. *Voy.* Chevreul (H.).

Noëls nouviaux sur de vieux airs. *Voy.* Fertiault.

Nogent-le-Rotrou (correspondance au sujet de l'origine du nom de); I, p. 476.

Notariat et des offices (du), par A. Jeannest Saint-Hilaire. *Voy.* Sorel.

Notice historique et liturgique sur les cloches, par l'abbé Jules Corblet. *Voy.* Carnandet.

Notice sur le doctorat en droit, etc., par A. de Fontaine de Resbecq. *Voy.* R. Bordeaux.

Notice sur Pierre de Brach, poëte bordelais du seizième siècle, par R. Dezeimeris. *Voy.* Brunet (G.).

P

Papiers employés au moyen âge dans le nord de la France (noms des diverses sortes de). *Voy.* La Fons de Melicocq.

Pays basque (le), sa population, sa langue, par Francisque Michel. *Voy.* Brunet (G.).

PEIGNOT (Gabr.), sa lettre à M. Chassant; II, p. 540.

PEIRESC (lettres inédites de); II, p. 437, 618.

PELLETIER (l'abbé Vict.) communique un

fragment d'un poëme du dix-septième siècle, présumé inédit, sur les infortunes d'un curé qui voulut garder sa barbe; II, p. 566.

Phénix qui renaît (le) par le cardinal Bona; II, p. 247.

Philosophie de la procédure civile, par R. Bordeaux. *Voy.* La M*** (Ph. de).

Pieds de mouche, ou Nouvelles noces de Rabelais (notice sur l'ouvrage intitulé). *Voy.* Jacob (le bibl. P. L.).

Philobiblion (le). *Voy.* Cocheris (H.).

Poésie religieuse populaire du dix-neuvième siècle. *Voy.* Destouches (A.).

POL DE COURCY (M.). *Voy.* Combat de trente Bretons.

Portrait d'Eléazar de Chandeville, neveu de Malherbe. *Voy.* R. Bordeaux.

POSTEL (M. l'abbé). De l'orthographe du nom de Sainte-Thérèse; II, p. 26.

POUSCHKINE, sa lettre à son frère; II, p. 269.

PRAT (le P.). *Voy.* Bordeaux (Raymond).

Procès des trois rois, Louis XVI de France Bourbon, Charles III d'Espagne Bourbon et Georges III de Hanovre, fabricant de boutons. *Voy.* Destouches.

PUYMAIGRE (comte de), sa lettre relative à la notice des livres sur Jeanne d'Arc; II, p. 135.

Q

QUANTIN (Max.). *Voy.* Recherches sur la géographie.

Quelques mots sur l'Étude de la paléographie, par L. Gautier. *Voy.* Louvernay (H. de).

QUÉRARD (J. M.). *Voy.* E. J. B. R.

Quérard (le). *Voy.* Brunet (G.).

QUICHERAT (J.), sa lettre au sujet de la notice de M. Vergnaud-Romagnesi sur les livres relatifs à Jeanne d'Arc; II, p. 5.

R

RABELAIS et THÉOPHILE SOLENGI. *Voy.* Destouches (Al.).

Rabelais (un commentateur de); II, 195.

RATHERY publie un article sur les *Documents à retrouver;* II, p. 303.

RAVIGNAN (R. P. de). *Voy.* Clément XIII et Clément XIV.

Recherches sur la géographie et la topographie de la cité d'Auxerre et du pagus de Sens, par M. Quentin. *Voy.* Cocheris (H.).

Recherches sur l'auteur inconnu du roman du châtelain de Coucy et de la dame de Fayel. *Voy.* Chassant, Cocheris, Jacob (bibliophile), Chereau (d[r]).

Recueil des plaisants devis récités par les supposts du seigneur de la Coquille. *Voy.* Louvernay (H. de).

Relation de trois ambassades de M. le c[te] de Carlislo, etc. *Voy.* Boiteau (P.).

Revue bibliographique du Midi. *Voy.* R. Bordeaux.

RENOUARD (A. A.), sa lettre à T. B. Bodoni; I, p. 565.

RÉTIF DE LA BRETONNE, sa vie et ses amours, etc., par Charles Monselet. *Voy.* Colombey.

RÉTIF DE LA BRETONNE (du véritable auteur de quelques ouvrages de). *Voy.* Jacob (le bibliophile).

Revue de l'Anjou et du Maine (la); I, p. 587.

RIBAULT DE LAUGARDIÈRE (Ch.). *Voy.* Fertiault. — Donne une notice sur la Voye de Paradis, poésie morale et religieuse du seizième siècle; I, p. 443. — Communique le prix de divers objets de librairie et reliure au commencement du seizième siècle; II, p. 414.

RICHELIEU. *Voy.* Hiver de Beauvoir.

Rimes loyales, par J. Boulmier. *Voy.* Fertiault.

RIVA, de Milan (vente de livres rares de M.); I, p. 79.

Roman du mont Saint-Michel (le), par Guillaume de Saint-Pair. *Voy.* Travers (Jul.).

RONSARD (P. de). *Voy.* Ruelens.

Rou (Jean). *Voy.* mémoires inédits.

RUELENS (C.) rend compte des *Œuvres inédites de P. de Ronsard,* publié par M. P. Blanchemain; I, p. 76.

S

SACY (Silvestre de). *Voy.* Variétés littéraires.

Sagesse chrétienne, ou les Principales vérités du christianisme, par le P. J. Guilleminot. *Voy.* A. G.

SAINT-EVREMOND *Voy.* Hiver de Beauvoir.

SAINT-GERMAIN (J. T. de) communique une lettre de A. A. Renouard, à J. B. Bodoni ; I, p. 565. — Rend compte du *Manuel du bibliographe normand* ; II, p. 222.

SAINT-PIERRE (l'abbé de). *Voy.* Hiver de Beauvoir.

SALMON, de Tours (aperçu du prix de la vente) ; I. p. 249.

SIBOUR (Mgr), sa lettre relative aux *eglises et monastères de Paris*, par M. L. Bordier.

Smithsonienne (société). *Voy.* Cocheris.

Sonnets humouristiques par Joséphin Soulary. *Voy.* Boulmier.

SOREL (Al.), sa notice sur *Francesca de Rimini*, traduite par Al. Lemercier ; I, p. 219.—Rend compte de la *Description d'une ancienne bannière de la ville d'Orléans*, par Vergnaud Romagnesi; p. 277. — *Du notariat et des offices*, par J. Saint-Hilaire ; II, p. 53. — De l'*Histoire de la bande d'Orgères*, par Coudray Maunier ; p. 627.

SOULARY (Jos.). *Voy.* Sonnets humouristiques.

SOURDEVAL (Ch. de) rend compte de l'ouvrage de M. le prince Galitzin intitulé le Faux Pierre III, par Al. Pouchkin ; II, 486.

Souvenirs de charité, par le comte de Falloux. *Voy.* A. G.

SULLY (mémoires de). *Voy.* Hiver de Beauvoir.

T

TABARIN ; I, p. 565.

THALÈS-BERNARD rend compte des Noëls bourguignons de B. de la Monnaye ; II, p. 49.

THEVET (André). *Voy.* Cosmographie moscovite.

TRAVERS (Julien), sa notice sur le manuscrit du père Martin, cordelier ; I, p. 449.—Sur les variantes de l'Imitation de Jésus-Christ, par Pierre Corneille ; II, p. 6. — Rend compte du *Roman du mont Saint-Michel*, par Guillaume de Saint-Pair; p. 191.

V

VAPEREAU (G.). *Voy.* Dictionnaire des contemporains.

Variétés littéraires, morales et historiques par M. S. de Sacy. *Voy.* Cocheris (H.).

VAUBAN. *Voy.* Hiver de Beauvoir.

Vénerie française, par le baron Lecouteulx (la) ; II, 363.

VERGNAUD ROMAGNESI, sa notice sur les divers ouvrages relatifs à Jeanne d'Arc ; I, p. 499 à 503, 561 à 565, 591 à 595 ; II, p. 1 à 4, 21 à 24, 45 à 47, 79 à 82. — Sa lettre en réponse à celle de M. Quicherat ; II, p. 19. — Sa notice sur le masque de fer ; p. 104.— Communique un document relatif à l'entrée à Orléans, en 1469, du duc d'Orléans Louis II, p. 451. *Voy.* Sorel.

Vie d'Antoine du Prat. *Voy.* E. C.

Vie de Sainte Térèse, par le P. Marcel Bouix. *Voy.* R. Bordeaux.

Vie du Pape Grégoire le Grand, légende publiée par V. Luzarche. *Voy.* A. G.

VITEL (J. de), Avranchais. — *Voy.* Le Hericher.

Vocabulaire du haut Maine. *Voy.* Louvernay (H. de).

Vocabulaire latin-français du treizième siècle (petit), publié par Alph. Chassant. *Voy.* R. Bordeaux.

Voyages littéraires sur les quais de Paris, par A. de Fontaine de Resbecq. *Voy.* Cocheris (H.).

Voye du Paradis (la), poésie morale. *Voy.* Ribault de Laugardière.

Vraie histoire comique de Francion, composée par Ch. Sorel, nouvelle édition, par Colombey ; II, p. 389.

W

WADDINGTON (Francis). *Voy.* Ch. Al.

WALEF (baron de). Note sur ses œuvres. *Voy.* Helbig.

TABLE DES MATIÈRES

DU

Bulletin du Bouquiniste.

Aa (P. Vander), 3747.
Aban (Pierre d'), 1699.
Abbeville, 5366.
* Abbrégé de la vie de saint Hubert, 1392.
Abd'oul Kerym, 2546, 7789.
* Abeille aristocrate, 3698.
Abencufiau (Ali), 6858.
Ablancourt (d'), 3885.
Abrantès (duchesse d'), 222.
* Abrégé de la vie de Louis Stefanelli, 1668.
* Abrégé de la vie et des vertus de M. Marie de Louvencourt, 4553.
* Abrégé de l'histoire des infortunes du Dauphin, 7271.
* Abrégé de l'histoire des roys de France, 8168.
Abyssinie, 3505, 5704, 6098.
* Académie des beaux esprits (l'), 772.
* Académie galante, 3122.
Açarq (d'), 6368.
Accords (seigneur des), 5840.
Achaintre, 5753.
Achard, 1854.
* Actions héroïques de Charles V (les), 764.
Adamson (J.), 4594.
Addisson, 3287.
Ader, 6442.
Adolphus, 7155.
* Ad majorem gloriam virtutis, 7724.
* Adresses de Paris, 4962.
Adrichomius (Ch.), 804.
Adry, 2050.
* Affaire des avocats au parlement de Paris, 2363.
* Affaire des Quinze-Vingts, I, p. 538.
* Affaire du mois d'avril 1834, 758.
* Affaires (les) qui sont aujourd'hui, 1754.
* Affiche pour la feste....., 2362.
Afrique, 3146, 5015, 5436, 6089, 6095, 6096.
Agnel (E.), 4908.
Agoneau (d'), 6868.
* Agréable récit, etc., 5086.
Agrippa (H. C.), 885, 1549, 2468, 2598, 1699, 8374.
Aguilar (comte d'), 2181, 5305.
Aignan, 526, 5909, 8285.
Aigrefeuille (Ch. d'), 2736.
Aikin, 7155, 7944.
Aillàud (A.), I, p. 69, nos 3080, 8468.
Aimé Martin. *Voy.* Martin (Aimé).
Ain (l'), 2592, 2745, 3237, 4736.
Aire, 8112.
Aisne, 1781, 2774, 3269.
* Aïssé (Mlle), 4424.
Aix, 1045, 1779, 4121, 6057.
Akerlio, 3669, 7008.
Alban (Pierre d'), 885.
Albert (Léon-Bapt.), 3027.
Alberti (Fr. d'), 7495.
Albi, II, p. 296, no 1579.
Albigeois, 2771, 3557.
Albins (d'), 3853.
Alcaroti (J. P.), 805.
Alciat, 1762, 3658, 5303.
* Alcoran des cordeliers (l'), 6250.
Aldeguier (d'), 1872.
* Alde Manuce, 399, 8464.
Aldini (J.), 864.
Alembert (d'), *Voy.* d'Alembert.
Alexandre, 5161.
Alexandrie, 3333.
Alethof (Ivan), 1495.
Alets, 3004.
Alexis, 1899.
Alexis (Léon d'), 7331.
Alfieri (V.), 2507, 3293.
Alger, 853, 5236, 6099, 6726.
Algérie, 5436.
Alibert, 2019.
* Alida et Dorval, 3124.
Alissac (d'), 2936.
Alize, I, p. 334, no 1356.
Allard (Guy), 2393.
Allard (Marcellin), 1347 *bis*.
Alleaume, I, p. 404, no 555.
Allemagne, 3130, 3216, 3693, 5202, 7422, 8250.

Alletz, 4484, 6466.
Allier (A.), 1365.
Allier, 4701, 4703.
Allix, 2323.
Allonville, 4251.
Allon (C. N.), 404, 4700.
* Allure du mandement, etc., 5201.
Allut (P.), I, p. 97, nos 154, 182, 7068.
* Almanach calendrier, 5867.
* Almanach de Gotha, 5888.
* Almanach de la jeunesse, 4805.
* Almanach de la noblesse, 403, 403 *bis*, 6185, 5868.
* Almanach de la vieillesse, 6675.
* Almanach des aristocrates, 4792.
* Almanach des douze ministres, 4801.
* Almanach des émigrans, 4799.
* Almanach des environs de Paris, 1121.
* Almanach des fous, 4804.
* Almanach des gens de biens, 4787, 6673.
* Almanach des girouettes, 4803.
* Almanach des patriotes français, 4791.
* Almanach des prisons, 4284, 4795.
* Almanach des muses, 6664, 6674.
* Almanach des embellissements de Paris, 4968.
* Almanach du père Duchesne, 4806.
* Almanach généalogique, 402.
* Almanach général du département de Paris, 5152.
* Almanach historique de la province, 1395.
* Almanach national et patriotique, 4786.
* Almanach parisien, 4965.
* Almanach violet, 4789, 6667.
* Almanachs, 3297 à 3315, 4785 à 4821, 5892, 6663 à 6679.
Alpes, 1580, 2486, 2491, 4227.
Alpes (Hautes), 4078.
Alphonse (Pierre), 6591, 6653, 7276.
Alquié (Fr. Sav.), 7246.
Alsace, 1403, 1581, 1582, 2584, 2739, 3224, 4092, 4093, 4096, 7857 à 7879.
Alvin (L.), I, p. 336, 364, 611; II, p. 477, 645.
* Amadis de Gaule, 2470.
Amar, 5266.
Amard, 5332, 7726.
* Ambigu-comique (l'), 2701.
Amboise, 1363, 1780.
Ambrogi (Ant.), 3790.
Ambrosali (M. F.), 7495.
Amelloni, 2458.
Amelot de la Houssaye, 3127, 3858, 3860, 4441, 4552, 6181, 7368.
Amelote (le P.), 3036.
Amérique, 801, 3146, 4666, 4669, 6081 *bis*, 6103, 6104, 6770, 7139, 7364.
Amiens, 1357, 2572, 2728, 2976, 3247, 3903, 3905, 4116, 4216 II, p. 449.
* Amilec, ou la graine, etc., 6244.
Amilha (le P.), 2945.
Amort (Eus.), 5538.
* Amour chez les philosophes (l'), 6415.
* Amours de feu M. Tristan (les), 5931.
* Amours des dames illustres, 347, 7308.
* Amours de Théagène et Chariclée, 4178.
* Amours (les) et les aventures de lord Fox, 4844.
Ampère, 906, 3405, 3586, 3769, 7069.
Amsterdam, 2009.
* Amusements innocents (les), 4309.
* Amusements philologiques, 4739.
Amylius (P.), 3627.
Amyot, 75, 76, 1700, 2298, 3927, 4846, 5312, 5315, 5708, 6930, 7216, 8198.
* An (l') 2440, etc., 2378.
Anacréon, 1159, 1160, 1161, 1469, 4974, 7727, 7333.
* Analectabiblion, 396.
* Ana, recueils, etc., II, nos 7947 à 8005, 8157 à 8167.
* Anagrammeana, 7947.
Ancelot, 380, 2922.
* Ancien coutumier, 7275.
* Ancienne bibliothèque des ducs de Bourgogne, 4779.
* Anciens traités de paix, 1197.
Ancillon, 2892, 4438, 4686, 7849.
Ancosse (Chalibert d'), 4902.
Andelys (les), 1583.
Andorre, 2478.
André, 6309.
André (C.), 3301.
Andria (N.), 699.
Andrieux, 270, 948, 1980.
* Anecdotes, contes, 7947.
* Anecdotes des reines et régentes de France, 7728.
* Anecdotes secrètes, 2202.
* Aneries révolutionnaires, 2467.
Auet (Cl.), 3572.
Ange (le P.), 466.
Angers, 4113, 4895, 7896, 7900.
Anglemont (E. d'), 7729.
Angleterre, I, p. 432, nos 377, 448, 449, 1229, 1567, 2925, 3608, 4685, 5194, 5202, 6100, 6171, 6172, 7155 7374, 7422, 7758, 8149.
* Angotiana, 7963.
Angoumois, 1358, 3261. II, p. 129, nos 5396, 5397, 7879 et suivants.
Angoulême, I, p. 41, nos 5395, 7882.
Anibert, 1782.
Anjou, 1045, 1047, 1584, 2586, 2737, 2739, 7895 et suivants.
* Annales archéologiques, 3375, 4126.
* Annales de la cour de Paris, 3841.
* Annales d'Espagne, etc., 2342.
* Annales romantiques, 5022, 5023, 5024, 5485.
Année (M.), 7590.
* Annuaire de l'Institut, 7652.
* Annuaire généalogique, 405, 5886.
Anquetil, 1860, 2675, 4223.

Ansart, 6730.
Ansart (A. J.), 1356.
Ansart (Dom.), 4601.
* Antenors modernes (les), 4195.
Anthoine de Saint-Joseph, 7517.
* Anthologie française, 1024.
* Anti libéral (l'), 4489.
Antillon (J. de), 3715.
* Antiquitates americanæ, 801.
Antomarchi (dr), 3871.
Antonini, 4963.
* Anthropophagie, 6414.
Anville (d'). *Voy.* d'Anville.
Aoste, 1580.
Aphtonius, 3961, 8007.
* Apollon et les Muses, 6384.
Apollonius de Rhodes, 8171.
* Apologie de M. l'abbé D. F., 5451.
* Apologie des anecdotes ecclésiastiques, jésuitiques, etc., 7334.
* Apologie du grand œuvre, 1750.
* Apothéose du beau sexe (l'), 6510.
* Applaudita collezione, 6482.
Aquin de Château-Lyon, 4796.
Aquitaine, 1437, 2955.
Arabie, 818, 844.
Arago (Fr.), I, p. 390.
Arago (J.), 2119, 7518.
Arbanère, 1650.
Arbuthnot, 905.
Arcère, 1080, 7879.
Arclais de Montamy, 3328, 8228.
Ardennes (les), 3228, 6920.
Arena (Ant. de), 3212.
Aretin (P.), 2848, 4390, 5204.
Argens (marquis d'), 4410, 5322, 5702.
Argentré (B.), 3544.
Argenville (d'), 48, 941, 5117, 5157.
Arian, 4580.
Arioste (l'), 169, 1910, 3563, 3724, 5047, 7157.
Aristophane, 74, 1880, 3637.
Aristote, 21, 2238, 3144, 4459, 4866.
Argé (d'), 447.
Arlequin aux Tuileries, 3054.
Arles, 1426, 1782, 1783.
Armand Gouffé, 986, 3593.
Armengaud (J. G.), 5399, 8262.
Arménie, 6093.
Armerye (l'abbé), 1576.
Armide, tragédie, 3804.
Armorial national, 6165.
Arnaud (Cam.), II, p. 297.
Arnaud (d'), 7435.
Arnaudin, 2598.
Arnaud-d'Andilly, 755, 2312, 3827, 7760.
Arnauld, 3148.
Arnauld (Ant.), 1299, 2159, 4147.
Arnault (l'abbé), 2344.
Arnault, 1182.
Arnault (A. V.), 3495, 3599, 5465.
Arnaville (H. d'), 3242.
Arnay-le-Duc, 2735.
Arnay (d'), 3722.
Arnod (Ed.), 3494.
* Arnoldiana, 7964.
Arnould (A.), 2147.
Arnould 3663.
Arnould (Sophie), 2823.
Arnout, 761.
Arques, 1048, 5447.
Arras, 1049, 1784, 2573, 2574, 3243 8086, 8092, 8108, 8110.
* Arrest de la cour de parlement, 3318.
* Arrêt du parlement de Paris, 4921.
* Arrest du parlement de Toulouse, etc., 2834.
* Art d'apprendre en riant (l'), 6428.
* Art de juger du caractère des gens, etc., 2636.
* Art de mettre sa cravate (l'), 3461.
* Art de nager, 6271 *bis*.
* Art de plumer la poule (l'), 233, 3121, 3433.
* Art de prêcher (l'), 4137.
* Art de rendre les femmes fidèles (l'), 6964.
* Art de se désopiler la rate (l'), 234.
* Art d'être heureux (l'), 6225.
* Art de vérifier les dates, 2625, 2720, 6980, 8155.
* Art du blason (l'), 5773.
* Art héraldique (ouvr. sur l'), II, nos 5576 à 5647, 5715 à 5820, 5843 à 5891, 6152 à 6266.
Artigny (abbé d'), 4429.
Artigues (d'), 544.
Artaud, 74, 7645.
Artaud (chevalier), 7850.
Artaud de Montor, 2290, 4520.
Artois, 1049, 1359, 1785, 1786, 1787, 2869, 3266, 5607, 8094 à 8098, 8102, 8103.
Asfeld (L. d'), 8143.
Ashe (Th.), 6124.
Asie, 4216, 5481, 7327.
* Asinian , 7965.
Aspe (V.), 3546.
* Assedio (l'), 4233.
Asselineau (Ch.), I, p. 13, nos 125, 189, 4608. II, p. 437.
Asso (Ign. de), 3734.
Astier, I, p. 390.
Athènes, 3945, 8190.
Aubanel, 1339.
Aube (l'), 1441.
Aubenas, 2977, 6376.
Aubert (l'abbé), 7335.
Aubery, 4578, 5626, 7248.
Aubery de Bourgoing, 6354.
Aubery de Maurier (L.), 4899.
Aubignac (d') 3519.
Aubigné (Agrippa d'), 188, 3285, 3486, 4019, 4130, 5950, 7169.
Aubin (P.), 6449.
Aubrion (J.), I, p. 527.

Aubry (l'abbé), 7897, II, p. 534.
Aude, 4735.
Audenelle, 7654.
Audenet (W.), I, p. 390.
Audibert, 1439.
Audierne (l'abbé), 3916.
Audiffred (H.), 8115.
Audiguier (d'), 191, 591, 8115.
Audin, I, p. 390, nº 1969.
Audoin, I, p. 390.
Auger, 125.
Auger (L. S.), 6433.
Augier (V.), 2582 *bis*.
Auguis (R. P.), 2662, 4559, 6352.
Aulnay (Ctesse d'), 207, 4167, 6053.
Aulu Gelle, 1945, 5065.
Aumetayer, (de Louzn), 7028.
Aunis, 7879.
Aurélius Victor (Len.), 8364.
Aurigie (de l'), 6682.
Autriche, 1754.
Autun, 2741, 3909.
Auvergne, nºs 1050, 1360, 1585, 1586, 2594, 2596, 2977, 3220, 3540, 3541, 4688, 4689, 4690. I, p. 335, nºs 8115 et suiv. 8137 à 8141.
Auxerre, 1051, 1361, 1362, 1587, II, p. 505.
Auzales Lapeire (d'), 4886.
Avallon, 1596.
Avaux (Fél. des), 5110.
Avellaneda (F. de), 3727.
Avenel, 2060.
Aveyron, 1135.
Avezac (d') 3378.
Avignon, 2582 *bis*, 2734, 2802, 8334.
* Avis sincères donnés, 4228.
* Avocats (les), 6727.
Avot (Mme d'), 5414.
Avranches, 2749.
Avril (J.), 1340.
Aycard (M.), 2784.
Ayrault, 4734.
Azaïs, 2055.
Azaïs (abbé), 806.
Azuni, 694.

Bablot, 1327, 4617.
Babié, 567.
Bachaumont, 961, 1878, 4432, 4635, 8380.
Bachon (J.), 8173.
Bachot (Gasp.), 5515.
Bachstrom (J. Fr.), 6270.
Bacon, 569, 3362.
Bacon Tacon, 6408.
Badius (Conrad), 3825.
Badon (E.), 3805.
Baecker (de), 1000, 1001, 5036, 5037, 6615, 6616.
Baehr (J.), 3600.
Bagnolet (P.), 266.
Bail (A. L.), 1778.
Baillargé, 1363.
Bailleul, 3305, 7660.
Baillet, (A.) 414, 2859, 6537, 6850.
Baillet de Saint-Julien, 2411, 3205.
Bailly (A.). 5137, 8283.
Bailly (Sylv.), 4492.
Bains, 7656.
Bairgnoux, 2102.
Balardelle, 4505.
Balbo, 7183.
Balderic, 3243.
Balestrier-Canilhac, 1234.
* Ballade des trois estats (la), 3432.
Ballanche, 218, 8377.
Ballard (Ch.), 3472, 5164, 8242.
Ballin (A. G.), 2641.
Ballon, 7897.
Baltard, 4227.
Baluze, 693.
Balzac, 162, 222, 1184, 6295.
Balzac (Guez, s^r de), 255, 256, 257, 780, 4577, 7050, 7520 à 7522.
Bambouc, 6100.
Bandel, 186.
Banville (Th. de), I, p. 444.
Baour-Lormian, 3052, 3063, 3480, 4282, 4480.
Bara (H. de), 415, 5577.
Baragnon (P. L.), 2768.
Barailhon (J. Fr.), 4059, 7655.
Barante (de), 3585, 8019.
Barat, 575.
Barbançois (de), 6523.
Barbarie (la), 814, 816.
Barbazan, 108, 109, 1970, 3684, 5727, 6653.
Barbet de Jouy, I, p. 392.
Barbeu du Bourg, 3349, 4411.
Barbey d'Aurevilly, 3606, 3607, 5937.
Barbeyrac, 2311.
Barbié du Bocage, I, p. 390.
Barbier (Mlle), 964, 6485.
Barbier (A. A.), I, p. 390, nº 8008.
Barbier (A. T.), 4900, 7018.
Barbier, 2273, 2280, 2602, 2896, 3476, 4048, 6409, 6116, 7203, 8465, 8484.
Barbier d'Aucour, 1288, 2078.
Barbier de Montault, II, p. 615,
Barburus (Fr.), 7098.
Barclai (G.), 3115, 7144.
Bard (J.), 1783.
Baréges, 6810.
Barentin de Montchal, 1170.
Barère, 4869.
Bareste (E.), 888.
Baret, 1904, 2664, 6600, 6601. I, p. 555. II, p. 437 et 589.
Barginet (A.), 2693.
Baricelli (J. C.), 5498.
Baringius, 6063, 7171.
Bar le Duc, 2562.
Barn, 8146.
Baro (Balth.), 3520.

Baron, 413, 1430, 4247.
Barozai (G.), 1349, 1349 *bis*.
Barra, 5503.
Barral, 2216, 7997.
Barrault (l'abbé), II, p. 184.
Barrème, 1523,
Barrère, 4196.
Barrett, 6142.
Barrière, 2531, 2540.
Barrois (J.), I, p. 390, nos 738, 2643.
Barrow (J.), 6095.
Barthe, 4591.
Barthélemy de Grenoble, 4342.
Barthélemy, 164, 2501, 2259, 2552, 2885, 3011, 4480, 5438, 6024.
Barthélemy (l'abbé), 319.
Barthélemy (J. J.), 2685, 3788, 7714.
Barthélemy (A. de), 5377, 5592.
Barthélemy (Ed. de), I, p. 41, 471, nos 416, 1801, 4085. II, p. 644.
Barthélemi de Pise, 3825, 6250.
Barthet (A.), 6014.
Bartholin (G.), 865, 4648.
Bartholini (Th.), 3932, 5302.
Bartholmès (Chr.), 3565.
Bartholomœus (E.), 874.
Bartsch (A.), 8229.
Bary, 7088, 8193.
Baschet (A.), 7336.
Bascle de Lagrèse, I, p. 538, nos 2476, 4699.
Basnage, 1692, 2126, 3521.
Basset (C. A.), 7778.
Bassi (de), 4857.
Bassompierre, 1457, 1457 *bis*, 3010, 7237.
Bassora, 3333.
Bastard, comte d'Estang, 5737.
Bastide (L.), 2997.
Basville (de), 388, 1823, 3413.
Bataille de Fontenoy (la), 4334.
Batavia, 7473.
Batine (Colomb de), 5548.
Bathasard-Durson, 2586.
Batteux, 21, 2099, 2235, 5688.
Bauche, 4931.
Baudelocque, I, p. 390.
Baudelot de Dairval, 6535.
Baudet-Dulary, 6400.
Baudeux, 2173.
Baudier (Michel), 5820.
Baudoin (J.), 4551, 4639, 5873.
Baudoin, comte de Flandres (le livre), 6035.
Baudot de Juilly, 3448, 8018.
Baudrais, 5405, 6470.
Baudrillart (H.), 7523.
Baugier, sieur de Breuvery, 1376.
Bausset (de), 278, 3921, 7746.
Baverel, 8268.
Bayard, comte de Scandien (M. M.), 2661.
Bayeux, 1588, 2589.
Bayle (P.), 2217, 2300, 7496, 7497.
Bayol (Cr.), 2802.
Bayonne, 8147.
Bazin (A.), I, p. 390, nos 3074, 6589, 7337, 7524, 7567.
Béarn (le), 2475, 2479, 3906, 4699, 8143 et suiv.
Bearzi (J. B. de), I, p. 330.
Beatiano (Ces. de), 6155.
Beauce, 6710.
Beauchamp (A. de), 989, 3039, 3876, 6126.
Beauchamps (de), 6460.
Beauchesne (A. de), 3283, 4836.
Beaudau (abbé), 8418.
Beaufils de la Rancheraye (de), 6371.
Beaufort (de), 417, 3840.
Beaugrand (Félix), 807, 808.
Beauharnais (comtesse de), 746, 6245.
Beaujolais (le), 2595.
Beaulieu, 4091, 5380, 7656, 7859.
Beaumarchais, 146 *bis*, 299, 2941, 5035.
Beaumont (de), 2585.
Beaumont (Adalbert de), I, p. 323.
Beaumont (G. de), 6722.
Beaune, 3911, 5383, 5384.
Beaupré, I, p. 363, nos 1974, 5575, 8042.
Beaurepaire (Ch. de), 6839.
Beaurepaire (Eug. de), 3149. I, p. 239.
Beauregard (Barth. de), 6896.
Beauregard (de), 2744, 3538, 7898.
Beausset (de), 6351.
Beauvais, 2763, 2767, 3322, 4735.
Beauvaisis (le), 670, 1788, 1789, 4123.
Beauvau (H. de), 809.
Beauvau (mis de), 3260, 4065, 8033.
Beauvert, 4817,
Beauvoir (le sieur), 4682..
* Beaux-arts (ouv. relat. aux), II, nos 8227 à 8281 *bis*.
Bec (Jehan du), 6954, 7921.
Beccaria, 55, 56.
Beccays-Ferrand, 1659.
Beffroy de Regny, 7596.
Begin (E.), I, p. 334, nos 1410, 3897, 3898.
Begon, 7307.
Beguillet, 3272, 5121, 5122.
Beguin, 717, 1228.
Beillard (le comte), 1978.
Bekker (Imm.), 1687.
Bel, 1536, 5262.
Belgique, 3333, 5356.
Belin de Monterzi, 3195.
Bellanger, I, p. 390, nos 275, 5094, 5096.
Bellay (Joachim du), 5242.
Bellay (Mart. du), 1923, 4588.
Belleforest, 186, 1685, 5057, 8194.
Bellegarde (l'abbé de), 4568, 6375, 7158.
Belle-Ile en Mer, 4692.
* Belle-mère (la), 7954.
* Belles femmes de Paris, 5208.
* Belles lettres (livres sur les), 64 à 84.

Belley (Ev. de), 6969.
Bellier de la Chavignerie (F.), I, p. 41, II, n° 8230.
Bellot (J.), 3975, 5253, 5529.
Belioste (Aug.), 721, 729.
Belloy (de), 3106, 3246, 6042.
Belon (P.), 810.
Bembo (P.), 2893, 4854.
Bemetzrieder, 6519.
Benech de Cantenac, 3055.
Beneton de Morange de Peyrins, 5782.
Benoiston de Châteauneuf, 4289, 7703.
Benoît, 7198.
Benon, 1751.
Benserade, 1663, 1911, 2462, 6146.
Bentley, 5261.
Béranger, 1440, 4656.
Béranger (Paul), 5144.
Béranger (J. P. de), 5409.
Berard, I, p. 390, nos 544, 2288.
Beraud, 1378, 4934.
Berger de Xivrey (J.), 390, 2240, 2862, 2977, 3557, 7339.
Bergeret, I, p. 390.
Bergeron, 2569.
Bergerre (A.), 5445.
Berges (G. de), 4718.
Bergier, 1651, 3123.
Bergier (l'abbé), 2656.
Berigal (P.), 4761.
Berigny (de), 6260.
Bergmann (H.), 1486, 4003.
Berland, 5765.
Berlier, 4054, 7657, 7658.
Berlioz (H.), 6518.
Bernard (A.), I, p. 611, nos 149, 1842, 2646, 3768, 5316, 6512. II, p. 184, 506 et 589.
Bernard (R. P. Jean), 8410.
Bernard, comte de Trèves, 724, 884.
Bernardi, 4668.
Bernardin de Saint-Pierre. *Voy.* Saint-Pierre (B. de).
Bernegger (M.), 8402.
Bernezay (de), 5068.
Bernier, 1397.
Bernis (card. de), 148, 1274, 7730.
Beroalde, 545, 5899.
Beroalde de Verville, 2809, 6264, 6265, 7213, 7592.
Beroaldus (Ph.), 3933.
Berquin, 154, 3155, 4332, 4981, 7228.
Berr, 7836.
Berriat Saint-Prix, 3142.
Berry, 2570, 2954, 6795, 6796, 8124.
Berryana, 7966.
Berryer père, 6749.
Bertaut (L.), 1375.
Berthier, 1978.
Berthier (R. P.), 4635.
Berthod, 5088.
Bertholon, 504.
Berthre de Bourniseaux, 3908.
Bertin, 5683, 7959, 8009.
Bertin (Arm.), I, p. 390, nos 150, 330.
Bertius, 2601.
Berton, 3208.
Bertoux (abbé), 4687.
Bertrand (E.), 530, 544, 1092.
Bertrand (J.), 7756.
Bertrand (M.), 8117, 8118.
Bertrand (P. J. B.), 1364, 8087.
Bertrand (général), 6108.
Berty (A.), I, p. 211, n° 239.
Besançon, 1052, 1589, 3238, 4732, 4735.
Rescherelle, 3789.
Besdel, 748.
Besenval (baron de), 2692.
Besnard, 7659.
Besons, 5268.
Béthune, 8108.
Béthune (chev. de), 2110, 6141, 8108.
Betoland, 2637.
Beuchot, I, p. 390, n° 6025.
Beudant (F. S.), 7731.
Beulé (E.), 1481, 1483.
Beulloch, 2138.
Bevy (Dom Charles), 1186, 3801, 5631.
Beyerlé (J. P.), 4821.
Bezançon (M.), 3960.
Bèze (Th. de), 2004, 5425.
Béziers, 2589.
* Bible, 1, 1967, 2160, 2858, 3751, 3370, 3371, 3372, 4033, 4133, 4146, 4150, 5060, 7106, 7113, 7718.
* Bible mutilée par les protestants (la), 5991.
* Bibliografia storica, 8287.
* Bibliographie (livres de), 383 à 408, 5540 *bis* à 5575, 8282 à 8355, 846[illegible] à 8484.
* Bibliographie agronomique, 8284.
* Bibliographie des journaux, 8334.
* Bibliophiles français (publication de la société des), II, p. 102.
* Bibliotheca scatologica, 397, 398, 959, 6358.
* Bibliothèque bleue, 2443, 5700.
* Bibliothèque choisie des classiques latins, 4743.
* Bibliothèque curieuse et instructive, 8467.
* Bibliothèque de l'amateur champenois, II, p. 214, 240, 382.
* Bibliothèque d'un homme de goût, 8469.
* Bibliothèque royale, 8286.
* Bibliothèque universelle des romans, 3296 *bis*, 7732.
Bièvre (marquis de), 6320.
* Biévriana, 7967.
* Bigarrure (la), 6437.
Bigelot, 4503.
Bignon (A.), 3335.
Bignon (J.), I, p. 330, 390, n° 2604.

Bigorre (le), 2742, 2479.
Billaud-Varennes, 6127.
Billaut (maître Adam), 1189, 1193, 6966, 7330.
Billecoq, 2242.
Billon (Fr. de), 5831.
Binet, 1893, 4268.
Binos (de), 811.
Binville (de), 3231, 7211.
* Biographie, 383 et suiv.
* Biographie des célébrités contemporaines, 418, 6154.
* Biographie dramatique (petite), 6461.
* Biographie maritime, 1278.
* Biographie normande, 1102.
* Biographie nouvelle, 974, 1963, 2916.
* Biographie toulousaine, 1151.
* Biographie universelle, 6440.
Bion, 5862, 6842, 7416.
Biondi, 591.
Birague (Fl. de), 3864.
Bissy (de Thiard de), 6070.
Bitaubé (J. P.), 3867.
Blaeu (J.), I, p. 538.
Blainville (H. D. de), I, p. 390.
Blaizot, I, p, 390.
Blaisois (le), 6710.
Blanc (Ch.), 3748. I, p. 97, 154, 180. II, p. 298, 616.
Blanchard de Boismarsas, 5161.
Blanche (D.), 8121.
Blanchemain, I, p. 98, 336. II, p. 298, 381.
Blanchet, 6519.
* Blason, 401 et suiv., 597 et suiv.
* Blason ou art héraldique, 419, 6157.
Blavignac, 1670. I, p. 296.
Blaze (Elzéar), 4306. II, p. 616, n°s 7917, 7918.
Blignières (A. de), 1547, 7197.
Blois, 1363, 2729, 3226.
Blois (Th. de), 7891.
Blondel (Fr.), 7526.
Blondel de Saint-Aubin, 6207.
Blordier-Langlois, 4113.
Bobéchiana, 7968.
Boccace, 171, 223, 224, 225, 1003, 2006, 3662, 4566, 4620, 5938, 5969, 6714, 8153.
Bock (J. E. de), 6340, 7029.
Boclerius, 5553.
Bodel (J.), 8187.
Bodin (J. F.), 1655, 1869, 2102, 2318, 2551, 3926, 3930, 4551, 7131, 7899, 8172.
Bodin, I, p. 323.
Bodino, 5537.
Bœttiger, 3870, 4346.
Bohême, 5202.
Bohm (Jos.), 7862.
Boileau (J.), 794, 794 *bis*, 1219, 2990. II, p. 73.
Boileau-Despréaux, 129, 130, 1178, 1323, 1522, 1742, 2177, 2717, 2911, 3128, 3749, 3978, 4127, 4128, 4159, 4320, 4463, 5066, 5665, 5677, 5692, 6434, 6497, 7166, 7527.
Boillet, 3992.
Boindin, 957, 5404, 6478.
Boirot-Desserviers, 4704.
Boisgelin (de), 432, 2129, 4657.
Boisjermain (L. de), 5352.
Bois Saint-Just (Dugast de), 1833.
Boissier, 4171.
Bois-sir-Amé, 4735.
Boissy-d'Anglas, 5333.
Boissy (de), 5051.
Boistel d'Welles, 6323.
Bollioud-Mermet, 2907.
Boiteau d'Ambly (P.), 8029.
Bollioud-Mermet, 8299.
Bologne (Pierre), 8371.
Bolswerts (Bœtius a), 5469.
Bombet, 8253.
* Bon ange de la France, 4555.
Bona (Card.), 4643.
Bonaciolus, 5499.
Bonald (vicomte de), 2813, 5354, 6521.
Bonamy, 4696.
Bonaparte (L.), 128, 2299, 2924, 5206, 5943, 6110. *Voy.* aussi Buonaparte.
Bonapartiana, 7969.
Bonaventure, 5334.
Bonet (H.), 6823.
Bonfons (P.), 5100.
Bonhomme (P.), 4228.
Boni (Mauro), 3494, 8466.
Bonivard (Fr.), 1949. II, p. 18.
Bonnardot (A.), 998, 1641, 1642, 1646, 2168, 4916, 5093, 7300, 7301, 8231 8232. II, p. 241 et 534.
Bonnarelli, 2098.
Bonnaterre, 1135.
Bonne Espérance (cap de), 5433, 5435, 7473.
Bonnefons (Georg.), 5118.
Bonnefons (Nic. de), 1298.
* Bonne responce à tout propos, 4822.
Bonnet (Cl.), 1214, 2934.
Bonneville (H.), 5161.
Bonneville (P. F.), 2647.
Bontous, 6056.
Bonucci, 4278.
Boot (A. Boèce de), 8173.
Bopp, 3596.
Bordeaux, 1059, 1590, 1591, 2753, 2965, I, p. 403.
Bordeaux (Raymond), 1005, 1662, 4736, 6123. I, p. 41, 69 et 583. II. p. 44.
Bordeaux de Prestreville, 5917, 5918.
Bordelon (abbé), 3410, 3481, 3976, 4032, 4430, 5976, 7519.
Bordes (le P. de), 5324.
Bordeu (Th. de), 5514.
Bordier, (H. L.), 4914.
Bordier-Langlois, 7900.

Boré (Eug.), 6229.
Borel, d'Hauterive, 420, 5799, 6186. I, p. 41.
Borgnet, 1946.
Bornitius (J.), 6209.
Bory Saint-Vincent, 1978, 5267.
Bosc du Bouchet, 1518.
Bosnie, 5317.
Bosselmam de Bellemont, 7983.
Bossigny (Louise de), 7306.
Bossius (L), 7457.
Bossuet, 249, 278, 316, 317, 973, 1906, 2046, 2305, 3750, 3921, 3198, 5269, 6047, 6203, 6351, 6404, 6547, 7108, 7528, 7529.
Botero Benese, 4589.
Botta (Carl.), 4232 *bis*.
Bottée de Toulmon, 3829.
Bottin, 7860.
Bottin (Seb.), 3340, 4230.
Bouchard, 1975, 2243.
Bouchain, 6781.
Bouché de Cluny, 1471, 1472, 1473, 1474, 1475, 2795.
Bouché (J. B.), 7568.
Boucher (J.), 4557, 5175, 6849.
Boucher (P. B.), 4225.
Boucher d'Argis, 3796, 4448.
Boucher de Perthes, 3688.
Boucheron (P.), 7733.
Bouchet (G.), 1717, 4391, 5836.
Bouchet (J.), 331, 1512, 5822, 5828, 8150.
Bouchet (du), 8139.
Boucicaut, 5808.
Boudet, 3428.
Boudier de Villemert, 246.
Boudon, 2678.
Boufiers (A. de), 2047, 5476.
* Bouffon français (le), 4377.
Bougainville (de), 7340.
Bougeant (le P.), 558, 5248, 8437.
Bouguer, 904.
Bougy (Alfr. de), II, p. 73.
Bouhier, 1031, 2634.
Bouhours (le P.), 421, 3460, 3656, 3669, 5590, 8209.
Bouillart (Dom.), 1944.
Bouillart (F.), 2725.
Bouillet (J. N.), I, p. 335, nos 8119, 8120.
Bouillod, 6136.
Boulard, I, p. 330, no 4216.
Boulainvilliers (le cte de), 422, 423, 424.
Boulenger (le P.), 1068.
Boulisson de Rougemont, 6442.
Boullanger 514.
Boullemier, 266.
Boullier, 425.
Boulmier (J.), I, p. 364, nos 472, 500, 528, 556. II, p. 590, no 7010.
Boulogne sur Mer, 497, 1060, 1364, 3251, 5365, 8087, 8088, 8091.
Bouquet, 676, 5802.
Bouquet (l'abbé), 6128.
* Bouquet (le), 6751.
Bouly, 1065.
Bourassé (l'abbé), 3746, 6214, 6499, 6598. II, p. 645.
Bourbon (île), 5433.
Bourbon-Conti (de), 4403.
Bourbon l'Archambault, 1592.
Bourbonnais (le), 1365, 1593, 4704, 8124.
Bourdaloue, 250, 1525, 2085, 7719.
Bourdé, 4229.
Bourdelin jeune, 3655.
Bourdelot, 3873.
Bourdelors, 8146.
Bourdigné (Ch.), 4890.
Bourdillon (J.), 1490, 4839, 6778.
Bourdon, 3611.
Bourdon (L.) 4811.
Bourdot de Richebourg, 3925.
Bourgade (l'abbé), 4537.
Bourgelat, 6694, 6704, 6706.
Bourgeois, 444.
Bourges, 4735, 5394. I, p. 125, 471. II, p. 589.
Bourgogne, I, p. 334, nos 1044, 1061, 1062, 1063, 1349, 1349 *bis* à 1366, 1367, 1368, 1369, 1475, 1594, 1596, 1597, 1599, 1600, 1790 à 1795, 2564, 2575, 2585, 2742, 2746, 2757, 2674, 2787, 2974, 3235, 3257.
Bourgoing, 2492.
Bourgoing (P.), 4160.
Bourgon, I, p. 334.
Bourguet, 913.
Bourguin, 2102.
Bourmont, 3556.
Bourquelot (F.) 1855, 3557.
Boursault, 190, 4653, 6486.
* Boussole politique, 1031.
Boussu (G. J. de), 5361.
Boutard, 2899, 8233.
Boutaric, 426, 5743.
Bouteroue (G.), 4736.
Bouteville, 3792.
Bouthors, 3903.
Boutourlin, I, p. 390.
Bouet (de), 6235.
Boyer, 4843 *bis*.
Boyer (X), 2584, 2872.
Boyer de Pebrandié, 905, 6726, 7565.
Boyle (Rob.), 524, 727.
Brabant, 2723, 2869, 3560.
Brachet (J. H.), 3364.
Braine, 1796.
Brainne (Ch.), I, p. 431. II, p. 182.
Brait-Delamothe, 6085.
Brancas (L. de), 4239.
Brantôme, 1770, 3118, 6575.
Brassempony, 6545.
Bray (pays de), 1352.
Brayer de Saint-Léon (Mlle), 7806.

Brazier, 269, 1466, 2385, 3447, 6303, 6447.
Brébeuf, 3046, 5249.
Brèche (J.), 2811.
Breislak, 7734.
Bremont, 6422.
Brequigny, 3743.
Breschet (d^{r}), I, p. 390.
Brésil (le), 842.
Breslay (P.), 2350, 7123.
Bresler (F.), 5795.
Bresse (la), 1344, 1347 *ter*, 3237.
Bresson (J.), 60.
Brest, 4693, 5371.
Bret, 3427, 4319, 6321, 6403.
Bretagne, 440, 610, 1053, 1054, 1055, 1056, 1057, 1058, 1370, 1371, 1372, 1373, 1573, 1574, 1575, 1576, 1578, 1601, 1602, 1602 *bis*, 1797, 2756, 2758, 2958, 2578, 2582, 2987, 3542, 3544, 2781, 4697, 4698, 4732, 5372.
Breteau-Dutillet, I, p. 390.
Breton, 7052.
Breton (Ern.), 1563, 4302.
Brettanus (D. J. Opsopœus), 3145.
Breuil Benoît, 2977.
* Brevis historia animalium, 2306.
Brewer, 907.
Brezé, 6707.
Briand, 1868.
Brianvillle (de), 2082.
Briavoine, 3559.
Bricard (P.), 6846.
Brice (Germ.), 775, 1428, 4924.
Bric (la), 3557.
Brieude, 3540.
Brifaut, 2204.
Briffault (E.), 2123, 2886, 6568.
Brillat-Savarin, 1704, 2527.
Brion, 7661, 7662, 7663.
Briot, 2396, 7341.
Brioude, 3539.
Briquet (de), 438 *bis*.
Briquet de Lavaux, 2653.
Brisez (J.), 2558.
Brisson (B.), 4893.
Brissot de Warville, 4237.
Briton (Guill.), 1335.
Brizard (abbé), 2395.
* Brochures historiques, etc., I, p. 334, n°s 2976 et 2977, 3556. II, p. 538, n°s 4735, 4736, 5161, 5162.
Brodæus (Joannes), 8404.
Brosselard, 6721.
Brosse (de), 1966, 3153, 6756.
Brosset, 5306.
Brossette, 3749, 3910, 4614, 6434.
Brotier, 2844, 3875, 3927, 5708, 7828.
Brouaut, 5521.
Brown (H.), 922.
Bruce (J.), 5704.
Brueys, 6483.
Brugnière, 4347.
Bruhier d'Ablaincourt (J.), 7342.
Brunoy (P.), 1280, 3760.
Brunck, I, p. 390.
Bruneel (H.). 2971.
Brunel de Varennes, 5285.
Brunet, 6177.
Brunet (G.), 2609, 4828, 8288. I, p. 181.
Brunet (J. Ch.), 395, 401, 2271, 2272, 3475, 5297, 5540 *bis*, 6977, 6978, 7735.
Brunet de Presle (Wladimir), 2845, 7856.
* Brunetiana, 7970.
Brunetti (Cossino), 4629, 6836.
Bruscambille, 232, 8154.
Bruslé de Montpleinchamp (J.), 4073.
Brussel, 5496.
Bruyères de Chalabres, I, p. 390.
Bruys, 4428.
Bruxelles, 3559.
Bruzen de la Martinière, 275, 2093, 4498, 4434.
Bryas (J. Théod. de), 4716.
Brydone, 5482.
Brye (J. de), 1882, 7089.
Buat (c^{te} de), 7273.
Bubravius (J.), 5195.
Buchon, I, p. 390, n°s 2124, 2277, 2410, 3918, 5226, 7139.
* Bucoliques messines (les), 1350, 2946.
Budé (Guill.), 7130.
Buffet (Marguerite), 3132.
Buffon, 1989, 2649, 2529, 3814, 5711.
Bugnion (Ph.) 428, 3226, 6216.
Buisson, 2917.
* Bulla aurea Caroli IV, 7530.
Bullart (Isaac), 6438.
Bullet, 996, 2526.
* Bulletin de l'Académie ebroïcenne, 3537.
* Bulletin de Paris, 4948.
Bulliot (J.), 4735.
Bultel, 1785, 8089.
Bulwer, 222.
Buonafede, 2112.
Buonaparte (Nap.), 7190.
Buoninsegni, 3657.
Bürger, 6604.
Burgundia (D. Ant.), 3847.
Buridan, 2782.
Burke (J.), 5856.
Burnes (A.), 4426.
Burnet, 4604.
Burnous (E.), I, p. 331. 390 n° 2619.
Burns (R.), 3590.
Busch, I, p. 390.
Bussang, 2976.
Bussy (A. M. L. de), 1373.
Bussy-Rabutin, 3043, 3651, 4026.
Butel (P. A.), 1608.
Butler (Sam.), 783, 3595.
Byerley, 2138.
Byron, 4597, 4598.

Cabanis, 2455, 2456, 3171.
Cabannes (J. de), 2532.
Cabasse (Prosper), 1132, 1133.
Cabat, 2193, 8192.
* Cabinet jésuitique, (le), 1297.
* Cabinet secret du musée royal de Naples, II, p. 617.
Cadet Gassicourt, 2174.
Cadot (Th.), 5751.
Caen, 2750. II, p. 241, 325, 437, 450.
Cagkara-Atcharya, 7516.
Cahaigne (J.), 4505.
Cahier (Ch.), II, p. 449.
Cailhava (de), 6286, 6287.
Caillau, 1649, 7783.
Cailleau (A. C.), 6330, 4797.
Caillet (J.), I, p. 527.
Cailleux (A. de), 3373, 3374.
Cailliaud, 2319.
Caillié (R.), 2705, 5015,
Caillière (de), 1954.
Caillot (A.), 2668, 8174.
Cairol, 8126.
Cahusac, 2388.
Caius (J.), 876.
Cajot (Jos.), 1091.
Calais, 3106, 3246, 8101, 8104, 8105, 8113. I, p. 583.
Calceat, 8175.
Calderon de la Barca, 3734.
* Calembours de l'abbé Geoffroy, 4352.
* Calendar of the anglican church (the), 2375.
* Calendrier de Philadelphie, 3813.
* Calendrier des princes, 429.
* Calendrier militaire, 4808.
* Calendrier moral, 782.
* Calendrier perpétuel, 4820.
* Calendrier pour l'année 1752. 778.
Callieres (de), 555, 3003, 3286, 3346, 6503.
Callimaque, 1513, 6929.
Calmet (dom), 1082, 2724, 2785, 3631, 3647, 4076, 5533, 6556.
Calvados (le), 2852.
Cambrai, 1064, 1065, 1163, 1374, 1603, 1799, 3243, 4114, 4716, 4718, 4736.
Cambry (de), 1846, 2296, 3044, 3543, 6105. I, p. 431.
Camilly (Blouet de), 6070.
Camoëns (Luis de), 4145, 4594, 7736.
Campan (Mme), 1260, 1287.
Campenon, 5166, 6818, 6835, 7151.
Campolongo (Em.), 5213.
Campistron, 7531.
Camus, 5354, 8043.
Camus (A. G.), 8289.
Camus (D^r^), 2463, 2981.
Camus (N.), 7319.
Camusat (N.), 4707, 5025, 5784.
Canada, 7458, 7725.
* Cancionero de obras de Burlas, 1015.
* Canot ou Lettres (le), 6506.
Canova (Ant.), 54, 7053.
Cantagrel (A.), 6015.
Cantal, 2585.
Cantillon (de), 2284.
Cantinjou (C.), 6462.
* Cantiques spirituels, 2293.
Capaccio, 2325.
Capaumont, 5374.
Capefigue, 4062.
Capelle (P.), 7623.
Capistron, 5239.
Capmartin de Chaupy, 6936.
* Capucinssans barbe (les), 3023, 6968.
* Caquets de l'accouchée (les). *Voy*. Recueil général.
Caraccioli (le marquis), 3523, 4884, 7179, 7338, 7737.
* Caractères du faux et du véritable amour (les), 248.
* Caractères tirés de l'Ecriture sainte, 1307.
Caraman (duc de), 5999.
Carbon (A.), 2903,
Cardani (H.), 6862.
Cardanus (J.), 4398.
Careless (J.), 2850.
Carena (H.), 2977.
* Caresme prenant (le), 6952.
* Caricatures politiques, 348, 8379.
Carion (J.), 1167.
Caristie (A.), 1426.
Carlet de la Rozière, 3224.
Carlier (l'abbé), 1434, 2794, 2976, 2977.
* Carmina ethica, 5339.
Carmoly (E.), 824.
Carnandet (J.), 5377. I, p. 392.
Carnot (L. N. M.), 1262, 2206, 3791, 4507, 6743.
Caro (J. de), 8185.
Carola, 5486.
Caron, 8092.
* Carrosses à cinq sols (les), 7003.
Carpentier (D. P.), 7502.
Carpentier, 4483.
Carré (Jér.), 2999.
Carré (Michel), 3072.
Cartaud de la Vilate, 6539.
* Carte de la principauté de Béarn, 8146.
* Carte des chasses, 1125, 1126, 1127.
* Carte hydrographique, 1319.
* Cartes, I, p. 470, 480.
Carrel (Arm.), 379.
Cary, 1837, 3914.
* Cascade dans les rues, 4950.
Caseneuve (de), 7505.
Cassan (Arm.), 1407, 1836, 3234, 6748.
Cassand (J. de), 5807.
Casse (A. du), 7835.
Casseaux (de), 3533.
Cassini de Thury, 7664.
Castaigne (E.), 6797, 7880, 7882, 7885 *bis*. I. p. 41, 153. II, p. 505.

Castalio (Seb.), 3145.
Castel, 5375.
Castel (René-Rich.), I, p. 538.
Castel (L.), 5662.
Castellan, 5101.
Castellan (A. L.), 4725.
Castera (J. H.), 5704, 6097, 7210.
Castiglione (Bald.), 1957.
Castil-Blase, 3487.
Castilhon, 5535.
Castillon (J. L.), 4793, 6677.
Castre, 1066, 1800.
* Catalogue de bibliothèque, I, p. 330, 390.
* Catalogue de la bibliothèque, 2153.
Catalogue de la bibliothèque de Rosny, 6739.
* Catalogue des chevaliers, 430.
* Catalogue des ouvrages mis à l'index, 8290.
* Catalogue des pièces choisies, 5406.
* Catalogue d'une riche collection, 4488.
* Catalogue général des cartulaires, 7665.
* Catalogus librorum, 6738.
Catanusi (Placid.), 2841.
* Catéchisme des gens mariés, 4649.
* Catéchisme révolutionnaire, 4261.
* Catéchisme poissard, 4192.
* Catholicon, 4502.
Cats (Herc.), 5537.
Cats (J.), 546.
Catrou (le P.), 2524.
Cattel (l'abbé), 7738.
Catulle, 2230, 2680.
Cauchard d'Hermilly, 1270.
Caumont (de), 2976, 6606, 6607. II, p. 450.
Caumont (le Sr de), II, p. 242, 381, 478.
* Causes amusantes et connues, 5669.
* Causes célèbres, 1500, 4044.
Cauterets, 6810.
Cauvet (J.), II, p. 325.
Cavalcanti (G.), 7345.
Cavalerie en France (de la), 7021.
Cavanilles (don A. J.), 3725.
* Caveau moderne (le), 1033.
Cavelier, 672.
Cavigioles (Bapt. des), 2356.
Cayac, 4736.
Cayenne, 6617.
Cayet (P. V.), 7278.
Cayla, 1174, 1347.
Caylus (comte de), 208, 1707, 2394, 2806, 4219, 4508, 4609, 4611, 6248, 6553, 7154, 7800.
Caylus (Mme de), 5981.
Cayon (J.), 2798, 2800, 2975.
Caze (P.), 6901.
Cazotte, 156, 3568, 3854.
* Celestina (la), a tragi comedia, 3728.
Cellarius, 3632.
Cellerier, 5045.
Celliez (A.), II, p, 477.
Cellini (Benvenuto), I, p. 403, nos 3435, 3503.
Celsus (C.), 923, 5198, 5256.
* Cent Nouvelles nouvelles (les), 4172.
* Ce que sperairan pas, 3180.
Cérat (D. B. de), 3722.
Cerati (abbé), 15.
* Cérémonies des gages de bataille, 737, 1641.
* Cérémonies et prières du sacre, 434, 5759.
Cérenville (de), 1501.
Cerfbeer de Medelsheim, 3636.
Ceriziers (P. de), 3949.
Cernitio (J.), 435, 6158.
Cerutti, 5448.
Cervantes, 212, 3013, 3734, 3737, 5001, 6505.
Cervini, 2494.
César (J.), 2338, 2689, 4275, 5218, 7282.
Cesena (A. de), 5484.
Ceylan, 3505, 4462, 6098.
Chabaille (P.), 94, 2149, 5207, 7086.
Chabanel (J. de), 1448.
Chabanon, 1039, 6292, 6716.
Chabert, I, p. 13, nos 4077, 6200. II, p. 156 et 157.
Chabot (de), 5642.
Chabrol (de), 4735.
Chalambert (de), 2627.
Challamel (Aug.), II, p. 449.
Chales (le R. P. C. F. M. de), 2145.
Challes, 200, 4625.
Chalmel (J. H.), 1153, 2102.
Chalons (de), 1578.
Châlons sur Marne, 416, 1801, 5592. I, p. 41 ; II, p. 644.
Châlon sur Saône, 1375, 1802, 3241.
Chalumeau de Verneuil, 3078, 6104.
Chambaud (Menuret de), 3223.
Chambord, I, p. 334, nos 1363, 1803.
Chambre (la), 3704.
* Chamfortiana, 7971.
Champagne (la), 1348, 1376, 1377, 1378, 1379, 1805, 2976, 3144, 3552, 3553, 3554, 3557, 4085, 4086, 4709, 5606, 6354.
Champagne (de), 21.
Champcenetz (marquis de), 4282.
Champdavaux (de), 499.
Champdevaux, 5814.
Champfleury, II, p. 241.
Chamfort, 283, 3334, 2517.
Chamisso (Adelbert de), 5478.
Champé (Al. de), 2799.
Champin, 5234.
Champmeslé (de), 983, 4413, 6473.
Champollion-Figeac, 1210, 1503, 2212, 2597, 3141, 3404, 3466, 3557, 4025, 5203, 7712, 8471.

Chancel, 5395, 5397, 7881.
Chanet, 7297.
* Chansonnier de la montagne (le), 4813.
* Chansonnier des amis du roi (le), 1032.
* Chansonnier du Vaudeville (le), 3594.
* Chansons choisies, 962.
* Chansons et histoires facétieuses (les), I, p. 97.
* Chante pleure deaue vive, 8359.
Chantilly, 1806, 2754, 2765.
Chapelain, 5025.
Chapelle, 961, 1878, 7712, 8380.
Chaponnel (le R. P.), 6718.
Chappuzeau, 5678.
Chapus (Eug.), 7935.
Chapuys (Gabr.), 225, 1920, 3633, 4589, 7157.
Charas (Moyse), 2392.
Chardin (le chevalier), 4305.
Chardel, 6779.
Chardon, 2776, 4250.
Chardon de la Rochette, 8291.
Charle, 5097.
Charlemagne, 4282, 6835.
Charles, 1304, 7968.
Charles IX, 4317, 7927. I, p. 295, n° 332; II, p. 438.
Charlet (F.), 4188.
Charlevoix (le P.), 2355, 3156.
Charlotte-Elizabeth de Bavière, 3874.
Charne (abbé de), 4998.
Charondas le Caron, 7346.
Charpentier, 2050, 2485, 7231, 8158.
Charrier, 4014.
Charrier-Sainneville, 5390.
Charrière, 3557, 7743.
Charrin (P. J.), 5419.
Charron (P.), 22, 3129, 4158, 4373, 5244, 8010.
Chartier (Al.), 332, 6037, 7094, 8356.
Chartres, 1069, 1809, 1810, 1811, 5394, 6710. I, p. 363; II, p. 410, 561.
Chas (Pauline), 1511.
Chasles (Phil.), 222, 769, 1769, 2315, 3585.
Chasot de Nantigny, 677.
Chassant (Alph.), 2324, 5891 *bis*, 5597, 5603, 6585, 6586, 7499, 7988, 8472. I, p. 153, 182, 211, 239, 472, 500, 528, 556; II, p. 101, 186, 270, 477.
* Chasse du lièvre (la), 6957, 7926.
* Chasse (ouvrages sur la), 4306 à 4318, 7917 à 7946.
Chastel (le P.), 4336.
Chastellain, 5226.
* Chasteté du clergé, 1953.
Chateaubriand, 11, 177, 251, 252, 302, 303, 304, 1185, 1672, 4407, 4408, 4507, 7532, 8335.
Châteaubrun (de), 5464.
* Château de Lude (le), 4100.
Château-Lyon (Aquin de), 6668.
Châteauneuf (A.), 5429.
Châteauneuf (l'abbé de), 4524.
Châteauneuf en Thimerais, 1607.
Châteauroux (Mme de), 1175.
Châteauterne, 2221, 4592.
Château-Thierry, 1388, 1807.
Châtcauvillard (de), 436, 6195.
Chatenay (Mme de), 437.
Châtillon lez Dombes, 2593.
Chaudon (E. J.), 6137.
Chaudey, 2224.
Chaudon, 2087.
Chaudruc de Crazannes, 1147.
Chaufepié, 318, 1180, 5240.
Chaulieu, 134.
Chaulin, 3034, 6827.
Chaumette des Fossés, 5317.
Chaumont, 1070, 1363, 1380, 3555, 4108.
Chauny, 5374.
Chaussard, 326, 3639, 4369.
Chausenque, 2488.
Chaussart, 7553.
Chauvelin (l'abbé), 757.
Chauvet (V^or), 5449.
Chavigny (Edme), 5527.
Chavigny (le s^r de), 1183.
Chavin de Malan, 8011.
Chazet (Alizan de), 2057.
Chemin (J. B.), 5018.
Chênedollé (Ch. de), 8476.
Chénier (André), 5224.
Chénier (J.), 158, 2239, 2406, 2518, 3298, 5224, 5427, 8176.
Chenonceaux, 1363. I, p. 69, 325.
Cher (le), 1608.
Chereau (D^r), I, p. 323.
Cherin, 484, 6162.
Cheron (Mlle), 2289.
Chéruel, 7140.
Chéry, 2976.
* Chevalerie, 401 et suiv., 597 et suiv.
Chevalet (M^e), 5648.
Chevalier, 6232.
Chevalier (Cl.), 896.
Chevalier (Guil.), 777.
Chevallet (de), 2876. I, p. 583.
Chevallier (N.), 2313.
Chevard, 1809.
* Chevaux en France, 6691.
Chevenon, I, p. 334.
Cheverny, 1732, 4155.
Chevigny (de), 5750.
Chevillier, 8044.
Chevreul (H.), 972, 4317, 7070, 7927. I, p. 41, 295, 322; II, p. 438.
Chevrier, 1527, 2439, 2838, 3309, 3761, 3771, 4610, 5049, 5327, 6666, 7347.
Chevrier (de), 8381.
Chevrières (de), 5611.
* Chien pêcheur (le), 3062.
Child (J.), 4889.
Chine, 2605, 3074, 3210, 3608, 3943, 4210, 4380, 6097, 7442.
Chiniac (de), 7699.

* Chiromancie, 8373.
* Chiromantia, 5511.
* Chirurgie, médecine (ouvrages divers de), II, nos 5497 à 5540.
Chochleus, 5835.
Choiseul (duc de), 6242.
Choiseul-Daillecourt (de), 813.
Choiseul-Gouffier, 2454.
Choisy (abbé de), 198, 2007, 3116, 3626, 3836, 6059, 6060, 8177.
Cholet de Jetphort, 8045.
Chomedey (Hierosme), 5013.
Chomel, 4437.
Chopin, 6010.
* Choregraphus, ou la Réjouissance, 1491, 3062.
Chorier (N.), 4050, 5385.
Choron, 4482.
* Choix d'anecdotes anciennes, 3856.
* Choix de contes, 2271.
* Choix de poésies, 4855.
* Choix de testaments, 4750.
Chotin (A. G.), II, p. 73.
Chrestien de Poly, 7744.
Christian (P.), 5005, 5006, 5605.
Christin, 5862.
* Chronique scandaleuse, 333, 6134, 7320.
* Chronique de Reims (la), 1143.
* Chronologie des barons, etc., 5593.
* Chronologie des ducs de Croy, 442.
* Chronologie historique, 6164.
Chypre, 819, 822, 833.
Cicéron, 17, 83, 762, 3022, 3159, 5266, 6516, 6559, 6721, 7057.
Cigogna (Em.), 7026.
Cimber, 3745, 6350.
Ciofanus (H.), 6868.
Cirbied, 3368.
Ciros Duplessis, 2039.
Cirot de la Ville, 2596.
Clairon, 921, 6450.
Clapier (A.), 3870.
Clarac (de), 5101.
Claudien, 5295.
Clausel de Coussergues, 431, 5632.
Clavel de Saint-Geniez, 5356.
Clavier, 500, 2256.
Claverct, 2426.
Clavasio (Ang. de), 1771.
Clary (Fr. de), 2128.
Clément, 4436, 4455, 6427.
Clément (Mme), 5363.
Clenard (Nic.), 1961, 8365.
Cler (Alb.), 4245.
Clermont en Auvergne, 1586, 2977, 3221, 3240, 8120, 8125, 8126, 8135, 8142.
Clerville, 8141.
Cléry, I, p. 334, nos 2506, 4125.
Clève (J.), 4098.
Clogenson, 2662.
Cloppenburch, 707.
Cloquet (J.), 2612.
Clugny (généalogie de), 438.
Cnippingius (B.), 4340.
Cochard (N. F.), 1404.
Cochelet, 6089.
Cocheris (H.), I, p. 70, 335, 403, 437, 478.
* Coches et voitures, 6530.
Cochet (abbé), I, p. 97, 334, no 3230.
Cochinchine, 7442.
Coclès, 1535.
Cocquard, 4460.
Cocquart, 1493.
* Code de la conversation, 4423.
* Code de la librairie, 8473.
* Code des femmes (le), 1276.
* Code noir (le), 2341.
* Code, ou Nouveau règlement, 2521
Cohen (J.), 3102.
Coiffier-Demoret, 1593.
Cointreaux, 4941, 6261.
Coissin, 4284.
Colardeau, 4508, 4606, 7311.
Colchen, 4071.
Colerus (J.), 8210.
Colin, 5457.
Colins (P.), 5647.
Collange (Gab. de), 6851.
Collé, 968, 1024, 2061, 3018, 5967.
* Collection complète des Mémoires, etc., 3674.
* Collection des petits classiques français, 293.
* Collection des meilleurs ouvrages, 5027.
* Collection géographique, 8336.
* Collection relative au projet de loi, etc., 8475.
Collen (H.), 5628.
Collet (F.), 2921.
Collet (Ph.), 2593.
Collin (A.), 4503, 6998.
Collin (J.), 4490.
Collin d'Harleville, 1020.
Collin de Plancy, 55, 383, 700, 701 *bis*, 869, 3575, 4368.
Collini, 3577.
Collombet, 2251, 4082.
Collot, 1509.
Collot d'Herbois, 3307, 4790, 4812, 6676.
Colnet, 2270, 2671, 5169.
Cologne, 2869.
Colomb de Batines, 1389.
Colomies, 577, 3873.
Colonia (P. de), 1830.
Columb (Mich.), 5372.
Columna (F.), 1249, 1250, 1251.
Comarmond (A.), 4118.
* Combat à mort, 6326.
* Commentaire de l'estat de la religion, 4388.
Commequiers (de), 1372, 4697.
Commines (Ph. de), 329, 3025, 3343, 3418, 3558, 3823, 4849, 5046, 5196, 7533.

* Commission des archives (la), 8343.
* Compendio historico, 7534.
* Compendiose notize nella congregazione, 3882.
Compiègne, 1383, 1812, 1813, 3692, 4290.
Comte, 1272.
Comte (Ach.), 7739.
Comte de Gabalis (le), 712.
Comtes de Vintimille Rhodien (J. des), 7474.
* Conclavi de Pontefici, 3983.
Condamine, 7436.
Conde (Ant.), 3734.
Condé (de). 1281, 1281 *bis*.
Condillac, 1965, 2629, 4888.
Condorcet, 4508.
Confalonerius, 520, 8382.
* Confession du comte Grisolin (la), 4331.
* Confrérie des agonisants, 1598.
* Congrès archéologique de France, 7666, 7667, 7668.
Coninck (abbé de), 5334, 7740.
* Conquêtes du grand Charlemagne, 4001, 5825.
Conrart, 256.
* Conseil de Momus (le), 2448.
Considérant (Hector), 6886.
* Conspiration des chevaliers, 3342.
Constant, 4222.
Constant (Benj.), 292, 4507, 5460.
Constantini (Aug.), 5407.
Constantinople, 2180, 3339.
* Constitution de la république, 2435.
* Constitution du duché (de la), 1103.
* Constitution française, 4816.
* Consultation pour M. Busch, 8295.
Contant d'Arville, 6792.
* Contemplations saint Augustin (les), 6031.
* Contes (quelques), 950.
* Contes de Cantorbéry, II, p. 213.
* Contes pour ceux, etc., 5346.
* Contes rémois, 3009. II, p. 298.
* Conteur (le), 6424.
* Contre Lesine (le), 7221.
* Contrôle des compagnies de la garde à cheval, 6167
* Contrôle des compagnies, 4961.
Cooke (Will.), 6449.
Copineau, 64.
Coppin (J.), 814.
Coquelet (L.), 235, 3653.
Coquillart (G.), 4396, 6354.
Coquille, sire de Romenay (Guy), 1095, 2571.
Coquille (sire de la), I, p. 583.
Coraccini (F.), 4351.
Corbehem (B. de), 2509.
Corbie, 1814.
Corbinelli, 439, 6160.
Corblet, 2572, 2976.
Cordellier Delanoue, 6187.
Cordemoy (abbé de), 6542.
Cordero (Grat.), 6836, 4629.
Cordier (l'abbé), 2329.
Cormiliole (P.), 1931.
Cornaro, 39, 6117, 7742.
Correio (Pierre), 4919.
Corneille (P.), 121, 272, 369, 1013, 1686, 1927, 2770, 2995, 3923, 5910, 6004, 6006, 7133, 7134, 7323, 7599, 8413.
Corneille (T.), 3017, 4651.
Cornelius Agrippa, 3981.
Corrard de Breban, I, p. 444.
Corréard, 2223.
* Correspondance secrète, 9001.
Corrozet (Gilles), 271, 1873, 2438, 4918, 6967, 7092 *bis*, 8387.
Corse, 3881.
Cortez (Fern.), 1915, 7535.
Corton, 5189.
Corum ou Corvo (And.), 1890.
Cosnac (Dan. de), 3558.
Cospeau (Ph.), 6580.
Cossart (Gab.), 4326.
Coste, I, p. 330, nos 2132, 3556, 4152, 6939, 7574.
* Costes du Boulnois (les), 8099.
* Costumes de Chasteau-Neuf, 1607.
Côte-d'Or, 2564, 2575.
Cotolendi, 8157.
Cottereau, 6232.
Cottignies (Fr. de), 975, 2831, 5675.
Cotton (le P.), 5901.
Coucy-le-Château, I, p. 538, nos 1815, 1385.
Coucy (Raoul de), 5426.
Coulanges (de), 117, 4224.
Coudray-Maunier (A. T.), II, p. 616.
Coulon, 1567.
Coulon (J. B.), 7901.
Coupé, 1238, 2676, 3799, 6508.
Courbeville (J. de), 3484.
Courcelles (de), I, p. 339, n° 440 *bis*.
Courcelles (le sieur F. de), 6869.
Courchamp, 6363.
Courcy (P. de), 440.
Couret Villeneuve, 3834.
Courier (P. L.), 2409, 2940, 3980, 4255, 4277, 5315, 6274.
* Courrier facétieux (le), 8361.
* Cours abrégé de blason, 441, 441 *bis*. 5591.
* Cours gastronomique, 7350.
Courson (A. de), 1057, 1058, 2987.
Court, 6133.
Court (B. de), 103, 1621.
Court de Gebelin, 7037, 7038.
Courtépée (abbé de), 1599.
Courtet de l'Isle, 7351.
Courtilz (Sandras de), 4522.
Courtivron (de), 6267, 6274.
Courval-Sonnet, 2716.
Courtin (H.), 1728, 2176.
Courtois, 2104, 2691.

Cousin, avocat, 5815.
Cousin (V.), 3780. II, p. 615.
Cousin d'Avallon, 6678, 7972, 7974, 7975, 7977, 7980, 7987, 7995, 8005.
Coussemaker (E. de), 5915. I, p. 239, 267.
Coustau (P.), 110, 5837.
* Coustumes du pays et duché d'Anjou, 7914, 7915, 7916.
* Coustumes générales de la cité, 1374.
* Coustumes généralles des pays, 1370.
* Coustumes locales d'Auvergne, 8123, 8124.
Coutances, 2751.
Coutans (G.), 1120, 5150.
* Coutumes de la ville de Douai, 1391.
* Coutumier général (le), 2118.
Couture, 2105.
Cowper (William), 4595.
Coyer (abbé), 3579, 5769, 5770, 7435.
Cozic (H.), 6912.
Cramail (comte de), 4824, 8030.
Cramayel (de), 5452.
Cramer, 6909.
Crapelet, 8046, 8047, 8070.
* Cravatiana, 3461.
Crawford, 505.
Crébillon, 137, 208, 3195, 3416, 4638, 5714.
Créquy (marquise de), 1476.
Crętin (G.), 3474.
Creton, 7598.
Creuse, 4702.
Creuzé de Lesser, 433, 2164, 2884, 4296, 7362, 8014.
Crevier, 1429, 6439.
* Crimes de Robespierre, 3525.
* Crimes et forfaits, 1960.
* Cris de guerre, etc., I, p. 499.
Crissé (Turpin de), 5101.
* Critique (de la), 2176.
* Critique des grammaires francaises, 4509.
Critonius (G.), 926.
Croci (Julio-César), 8399.
Croix (de), 8258.
Crozès (H.), 1579, 6839.
Croix (comte de), 1856.
* Cruels effets de la vengeance, etc., 2842.
* Cruels et horribles tourments (les), 3837.
Crusius (D.), 899.
Ctesias, 3600.
Cubières (de), 1929, 2081, 3113, 6760, 7121.
Cuel (Louis), 4958.
Cugnet de Montarlot, 7598.
Culant (R. A. marquis de), 4220.
Culpefer (Th.), 4889.
* Culte du vrai Dieu (le), 2915.
* Cultes qui ont précédé l'idolâtrie (les), 321.
Cumberland (A.), 6835.
Cumberworth (A.), 6360.
* Curiosités de Paris.— Versailles, 5124.
Curli, 4655.
* Cuisinier français, 7538.
* Cuisinier méthodique (le), 7539.
Cuninga, 2707.
Curio, 710.
* Curiosités historiques, 2418.
Cussac, 2793, 7563.
Cusset (P.), 1375.
Cuvier, 3815.
Cuvillier-Fleury, 3878, 5489.
Cyprien (R. P.), 6841.

Dabeilh (P.), 6858.
Dabo, 1581, 4091, 7859.
Dachsbourg, 1581, 7859.
Dacier, 20, 2295, 3000, 5199.
Dadinus Alteserra, 7669.
Dadré (Jean), 1137.
Daillant de la Touche, 6817.
Daire (le P.), 2728, 4794.
D'Alembert, 592, 1559, 2265, 4344, 6348, 7745.
Dalencé, 2882.
Dalibray, 7378.
Dallière, 5216.
D'Aloc (Stan.), 6020.
Damas (Mme de), 6045.
Damas-Hinard, 3739.
Dambreville, 443, 5641, 5959, 6189.
Damiens de Gomicourt, 5179.
Damin, 2754.
Damiron, 3406.
Dampmartin (le P.), 5283.
Damvilliers (sieur de), 8414.
Dancourt, 139, 3678.
Danet, 444.
Danetius (P.), 2993.
Danemark, 6889, 7403.
Dangeau, 2044, 7570.
Danicau (A.), 3059.
Daniel (P.), 445, 446, 1956, 2999, 4972.
Danjou, 3745, 6350.
* Danse aux aveugles (la), 101.
* Danse macabre (la grande), 3386.
* Danse macabre, 7007.
Dante, (Al.), 2213, 4630, 4874, 6085, 8015, 8016, 8020.
Dantier (A.), 3942.
Danville, 1040, 3807, 3808, 3812, 6138, 7540, 7652.
Daring (Mme), 3291.
Darnal, 1591.
Daru (P.), 7076.
Daudet (le chevalier), 4095.
Daudiguier-du-Mazet, 7132.
Daumas, 2113.
Daumier (J. B.), 3064.
Daunou, 2662.
Dauphiné, 1343, 1386, 1387, 1389, 1388, 1612, 1612 *bis*, 1613, 1614, 1614 *bis*, 1615.

D'Auriac (Eug.), 2556. II, p. 296.
David (H.), 521, 2004.
* Davila (catalogue), 4876.
Davis, 3074.
Davity (P.), 5121.
D'Avrigni (J. L.), 6906.
Davy (J.), 1421.
Dax (vicomte de), II, p. 449, n° 7945.
Deal, 4912.
Debarbouiller (J.), II, p. 182.
Debare, 2056.
Debas (L.), 6765.
Debonnaire (l'abbé), 1313.
Debrett (J.), 448, 449, 5628, 5858, 6172.
De Brosses, 6107.
De Bure (G. F.), 2655.
De Bure (J. J.), I, p. 330, 390.
Debureau, 6256.
Decagny (P.), 1432.
Decarville, 5281.
Dechaume, 4901.
Decorde (l'abbé), 1352.
* Découverte des ruses artificielles, etc., 6549.
* Découverte d'un prétendu cimetière (de la), 1021.
* Découverte d'un bibliophile, 8293.
Decremps, 736, 918.
* Défense de l'auteur des lettres, 2822.
Defer (P.), 393.
Deffand (du), 353, 2453.
Defos (David), 1066, 1800.
Defranaux, I, p. 538.
Defrance (comtesse), 6418.
Defrenne (J.), 5333.
Degane, 2201.
De Grassalio (Car.), 5798.
De Grave (ch. Jos.), 7443.
Deguerry (abbé), 6905.
Delaborde (R. P.), 901.
Delacarrière, 2206.
Delacroix, 867, 2460, 3233.
Delaforest, 2249.
Delalain (J.), 8048.
Delamétherie, 7290.
Delamarre, 1693.
Delanaux, 2269.
Delandine (A. F.), 897, 2547, 8498.
Delandine de Saint-Esprit, 6746.
Delangle, 293.
Delarbre (I.), 1586, 3240, 8125, 8126.
Delarive, 4270.
Delaroche, 907.
Delaroque, 450, 451.
Delattre, 5862.
Delaunay, 3173.
Delaveau (H.), 7942.
Delavigne (Cas.), 2060, 6007.
Delbare (T.), 7747.
Delbrel (abbé), 6579.
Delcamps, 4533.
Delecluze (E. J.), 2038, 2213, 2302, 2421, 3086, 3463, 4385, 4386, 4987, 4990, 5686, 7200, 7541.
Delepierre (Oct.), 294, 294 *bis*, 6620, 7084, 8161, 8162.
Delessert (B.), 3768.
Delessert (E.), 6885.
Delettre, 2763.
Deleuze, 4541.
* Délices de la France (les), 7690.
* Délices des maisons de campagne, 8235.
Delille (l'abbé), 80, 549 *bis* et *ter*, 799, 2607, 2868, 3202, 4591, 6961, 7265.
* Delineata, 1296, 7116.
Delisles de Sales, 3813, 7081, 7721, 8300.
* Deletti et delle pene (dei), 4325.
Dellon, 3033, 3473.
Delombre, 2633.
Delongchamps, 1286.
Delorme (J.), 5467.
Delort, 77, 7748.
Delpha, 5192.
Demarne, 7103.
Demarco (J.), 871, 878.
Demeunier, 5482.
Demeuse, 5812.
* Demostheniana, 2335.
Demotier (Ch.), I, p. 583.
Denina (Ch.), 2233.
Denis, 1643.
Denis (A.), 3785, 6670.
Denis (F.), 2457, 2818, 3462, 3821, 6613, 6826, 8318.
Denis (L.), 5154.
Denne-Baron (P.), 6732.
* Dénombrement du royaume, 7670.
Denon, 2881, 3920.
* Dénonciation de crime lèse-peuple, 2747.
* Dénonciation des crimes, 1176, 8384.
Denotz (l'abbé), 4561.
Dentu (J. G.), 8479.
Deodati, 6711, 7558.
Depasse (A.), 2674.
Deperthes, 2307.
Depons, 6103.
* Déportation et naufrage de J.J. Aimé, 2908.
Depping, 1844, 2597, 3464, 3707, 4511, 6373. I, p. 363.
Deprès, 3907.
* De profundis (le), 1496.
Desains (F.), 2801.
Desaugiers, 5657, 6303.
Deslois, 3143.
Desbordes-Valmore (Mme), 3051.
Descamps, 48.
Descartes (R.), 3645, 3646, 5031, 7542, 7543.
Deschamps (E.), 222, 1134, 2784, 2902, 6354.
Deschamps, 4784, 6273.

Deschamps de Saucourt, 7436.
Descherny, 452.
Deschiens, 1977, 3665, 3666, 8474.
D'Escodeca de Boisse, 8049.
Des Combauld (Ch.), 3049.
Des Cours (Rémond), 5816.
* Description de l'église de Saint-Vincent de Paul, 5235.
* Description de l'arc de triomphe de l'Etoile, etc. 5132.
* Description de l'hôtel royal des Invalides, 3281, 5111, 5112.
* Description de l'origine et première fondation de l'ordre des Chartreux, 5296.
* Description des fêtes populaires, 6981.
* Description de six espèces de pets, 4189.
* Descriptionexactes des costes et R., 8147.
* Description historique des armes de Paris, 5305.
Deseine, 5284.
Desessarts, 6116, 8465.
Des Etangs, 1441.
De Sèze, 4427.
Desfontaines (l'abbé), 1536, 3195, 3520, 4591, 4930, 5262, 5978, 6887.
Desfontaines (Guyot), 3884.
Desforges, 6305, 6332.
Desgranges aîné, 5998.
Desgrouais, 5483.
Des Guerrois, 6387.
Deshoulières, 4214, 5247, 6634.
Desjardins (E.), 1485.
Desjardins (Mlle), 4999.
Deslandes, 766, 3325, 3972, 5458, 5958, 6417, 7750, 7839.
Deslyons (J.), 579, 6970, 8203.
Desmaizeaux, 4457.
Desmarais, 6223, 6228.
Desmarais (l'abbé), 2696.
Desmarets, 6932, 7981.
Desmars, 3251, 5365.
Des Masures (Loys), 3408.
Des Meloizes, 4117.
Desmollets (le P.), 4440.
Desmoustier (C. A.), 7749.
Desnos, 5153.
Desnoulis, 7566.
Desormeaux, 6159.
Despaze (J.), 3880, 4260.
Des Périers (Bonav.), 182, 265, 3457, 3622, 3948.
Despinelle, 5675.
Desportes (Phil.), 5901.
Desray (P.), 8149.
Desroches (l'abbé), 2749.
Des Réaux de la Richardière, 7544.
Desroziers (C.), 3315.
Des Rues (P.), 2815.
Dessalles (L.), 94. 5207, 7086.
Dessessarts, 8337.
Destaing, 4585.
Destouches, 146, 4045.
Destrées, 5885.
* Destruction de la ligue (la), 6221.
Desvaux, 7902.
* Deux harangues (les), 5250.
* Deux lettres à M. C. N. Amanton 4756.
Deux-Sèvres, 1816.
Devaux (J.), 718, 2187, 4097.
Devérité, 3249.
Devienne (Dom.), 5183.
Deville (Albéric), 7967.
Deville, 1048, 1447.
Devisme, 1824, 2774.
Deyeux, 3338, 7919.
Dezallier d'Argenville, 8227.
Dezeimeris (R.), II, p. 183, 212.
Dezobry (Ch.), 8236.
Dhametaire, 1029.
Dheulland, 1393.
* Dialogue de l'ombre, 3180.
* Dialogue de plusieurs laquais, 3049.
* Dialogue du fol et du sage, 2326.
* Dialogue entre l'auteur et le frondeur, 4282.
* Dialogue entre saint Pierre, 1290.
* Dialogues au sujet, 4331.
Diane de Poitiers, 3339, 4499.
Dibdin, 2496, 2865.
* Dictionnaire aristocratique, démocratique, etc., 4321, 6627.
* Dictionnaire de chasse, 7920.
* Dictionnaire de l'Académie, 6941, 7500, 7501.
* Dictionnaire de la conversation, 1017.
* Dictionnaire de l'ancien régime, 456, 5744.
* Dictionnaire des auteurs ecclésiastiques, 4364.
* Dictionnaire des ennoblissements, 5863.
* Dictionnaire des gens du monde, 990.
* Dictionnaire des girouettes, 2358.
* Dictionnaire historique et bibliographique, 4745.
* Dictionnaire politique, 5184.
* Dictionnaire raisonné de bibliologie, 4738.
Dickinson, 4411.
Diderot, 1539, 1559, 2528, 2875, 3169, 3177, 4211, 4508, 5050, 6348, 7311, 7537.
Diderotiana, 7972.
Didier (Ch.), 3629.
Didot (Amb.), 6740.
Didot (F.), 4659.
Didot fils aîné, 2199.
Didron aîné, 3375, 3557, 4126.
Didyme, 5832.
Dieppe, 1390, 2555, 2977, 3230, 3232, 5369, 5447.
Diez, 999, 3030, 6561, 7296. I, p. 296,

Difs (P.), 6206.
Digby, 708, 709.
Digne (Ev. de), 7751.
Dick (Van), 4381.
Dijon, 373, 1367, 1595, 1609, 2564, 2755, 2740, 2962, 4579, 5382.
Dinaux (A.), 1560, 1787, 1799, 8296. I, p. 41. II, p. 140.
Dinouart, 4245, 7204.
Dinys (Ant.), 6416.
* Directeur des estomacs (le), 3337.
* Directorium fratrum minorum, 7752.
* Discours d'estat présenté au roy, 6072.
* Discours divers de saint Bernard, 5162 *bis*.
* Discours du temps, etc., 6803.
* Discours en vers, 3690.
* Discours fait au roy par le vray Matthault, 4556.
* Discours nouveau sur la mode, 979.
* Discours sur la nudité des mamelles, 3042.
* Discours sur les arcs triomphaux 6057.
* Discours véritable sur le faict...., 44
* Discipline de clergie, 5841, 7276.
Disdier, 3518.
* Dissertation historique, 7355.
* Dissertation philosophique, 4465.
* Dissertation sur la capitale des Nerviens, 1572.
* Dissertation sur la nature.... du feu, 695.
* Dissertation sur les origines, 1152.
* Dissertation (petite), sur un monument typographique, 8050.
* Distinction des places en l'Eglise (la), 7579.
* Dit de la gageure (le), 1680.
* Divers traitez, etc., 4892.
Dobson, 4027.
* Doctrine catholique (la), 1290.
* Documents concernant la grande aumônerie, 3938.
* Documents pour servir à l'histoire, 6109.
Dognon, 6733.
Doigni du Ponceau, 1498.
Doisy, 5378, 6061.
Dolet (E.), 109, 762, 1556, 7012.
Dollone (J. M.), 1876.
Doncéci, 5333.
* *Donnon* (le) dans les Vosges, 3556.
* Dons des enfants de Latone (les), 7935.
Dorat, 153, 266, 6385, 7399.
Dorat-Cubières, 2449.
Dordogne, 4105.
Doré (P.), 3026.
Dorlant (A.), 8051.
Dortous de Mairand, 276.
Dortigue de Vaumorière (L.), 1381.
Dorvigny, 63[illegible]
Dossion, 5416.
* Dot de Suzette (la), 5460.
Douai, 1391, 1610, 1611, 1611 *bis*, 2969, 4109, 4710, 4712.
Doubdan, 815,
Doublet, 1744, 3317.
Doublet de Bois-Thibault. I, p. 471.
Doujat, 7671.
Douville, 1765, 2309.
* Doux entretiens du Parnasse (les), 3178.
Doyen, 458.
* Dragon rouge (le), 887.
Dralet, 2480, 4103.
Dralsé de Grand-Pierre, 3146.
Dresde, 4464.
Dreux du Radier, 1300, 1857, 3108, 4435, 5869.
Drian (A.), 5386.
Drion (Ch.), 7201.
Drôme, 3233.
Drouet, 5400, 6942.
Drouin (Daniel), 3634.
Douyn (L.), II. p. 477.
Droz, 3259.
Duault, 4282.
Dubarle (E.), 3899, 4727.
Du Bartas, 4240, 4265.
Du Bellay (J.), 3451, 3774, 6392.
Dubois, 392, 6559.
Du Bois, 1243, 6226.
Dubois (abbé), 2410, 3556, 6092.
Dubois (J. A.), 5924.
Du Bois (Louis), 10, 1353, 2662; II, p. 450.
Dubois-Bergeron, 6521.
Dubois de Gomicourt (G.), 6752.
Dubois Fontanelle, 4200.
Dubos, 5748.
Du Bosc, sieur de Mandreville, 6073.
Du Bouchet, 459, 5715.
Duboure, I, p. 330.
Dubourg (Josseaume), 5323.
Du Bray, 5633.
Du Breul (J.), 364, 4922.
Dubroca, 2222, 3085, 7546.
Dubruel, 5333.
Dubuisson, 459 *bis*, 5853.
Du Camp (Maxime), 6614.
Ducancel, 6325.
Ducange, 3742, 5236, 7502.
Du Châtelet (m^{se}), 7397.
Duche, 6477.
Duchemin, 6382.
Duchesne, I, p. 330.
Duchesne aîné, 392, 460, 687, 4397, 8238, 8239, 8240, 8338.
Duchesne (André), 2974, 5716, 7[illegible]72, 7722.
Duchêne (J.), 3482.
Duchesne (R. P.), 3734.
Duchêne (le P.), 5430.
Duchoul (G.), 2221, 6550.

Du Clerq (J.), 3918.
Duclos, 1308, 1709, 3195, 3869, 4201, 5698, 6248, 6728, 7513.
Ducor (Henri), 6276.
Ducos (Fl.), 1658.
Ducourneau (Al.), 1793, 1818.
Du Coudrier, 5450.
Ducpetiaux, 6767.
Du Deffand (Mme), 1217.
Duez (Nath.), 69, 70, 4199, 7031, 7032, 7033.
Dufail (Noel), 1979, 7356.
Dufau, 2710, 7863.
Dufey, 4658, 4934, 5276.
Dufour, 995.
Dufour (J. M.) 3842.
Dufour (Ph. S.), 3518.
Dufour (Sylv.), 754, 7547.
Dufrenoy, 2585.
Dufrenoy (Mme), 5422.
Du Fresne de Beaucourt, 2336.
Dufresnoy, 8241.
Dufresny, 160, 206.
Du Gard, 1511.
Dugast de Bois Saint-Just, 3872.
Dugast Matifeux, II, p. 645.
Dugenne, 8144.
Du Gour (J.), 5427.
Duguet (abbé), 3762, 8180.
Du Guez (G.), 2597.
Duhamel du Monceau, 3261.
Dujardin, 2599.
Dulard, 5473.
Dulaure, 132, 321, 461, 747, 1554, 1922, 3393, 3852, 5128, 5131, 5133, 5159, 5865, 6525, 8181.
Dulaurens (l'abbé), 573, 1755, 3973.
Du Laurent, sr de Ferrières (A.), 3664, 5348.
Dulaurier (Ed.), 549.
Dulys (Ch.), 6917.
Dumas (Adolphe), 6296.
Dumas (Al.), 20, 1134, 2784, 6199, 6324, 6338.
Dumas (J. B.), 1829, 6854.
Dumast (P. H.), 1416, 5379.
Du May (L.), 3130.
Dumeril (A. M.), 4542.
Dumeril (Edel.), 1354, 5225, 7357.
Dumesnil (Al.). 2142, 6452, 6926.
Dumesnil (J.), 1467, 1488, 8339.
Dumesnil (P.), 110. I, p. 39.
Du Mersan, 6303.
Dumolard, 2026.
Du Molinet (Cl.), 796.
Du Monin, 8385.
Dumont, 2024, 6946, 7082.
Dumortier, I, p. 334.
DuMoulin (Ch.), 7615, 7616, 8124.
Dumoulin (P.), 2183.
Dumouriez, 4944.
Dunkerque, 2794, 2976, 4014.
Dunod (le P.), 1618, 2764.
Dunoyer, 1272.
Dupanloup (abbé), 6743.
Dupaty, 2005.
Dupaty de Clam, 6692.
Dupelletier, 3515.
Du Perron, 994.
Duperron de Castera, 525, 5200, 7558, 8386.
Dupin, 1816, 2981, 3326, 3764, 7206, 8034.
Dupineau (J.), 7615.
Duplessis (Cizos), 3213.
Duplessis (G). I, p. 153, 331, nos 3877, 6564, 6565, 8480.
Duplessis (D. Toussaint), 1096.
Duplessy (J.), 2590.
Dupleix (Sc.), 1156, 7451.
Dupont, 2543.
Dupont, 1117.
Du Pont (Alex.), 93.
Dupont (la csse), 3207.
Dupont (P.), 4139, 5555, 8052.
Dupont, archevêque d'Avignon, 6395.
Duprat (A.), 865, 7427.
Du Prat (ms), I, p. 323,. II, p. 325.
Dupré, 6106.
Dupré (A.), 2639.
Du Pré (Claude), 2434, 7093.
Dupré de Saint-Maur, 7317.
Du Préau (Gabriel), 8393.
Du Pressis, 8191.
Dupuy, 462, 462 *bis*, 5736, 6162 *bis*, 7171.
Dupuy (R. P. J.), 2973, 3407.
Durand, 5375.
Durand (Dom.), 5288.
Durand (H.), 5394.
Durand (veuve), 1022, 1075.
Durant Richemont, 4736.
Duranville (L. de), 1130, I, p. 527.
Duras (csse de), 2442.
Dureau de la Malle, 3524.
Duret (Cl.), 1581, 1681 *bis*, 6935.
Duret de Tavel, 4547.
Duronzier, 1619.
Du Rouzeau, 4500.
Durson (Balth.), 7913.
Du Ryer, 3068, 3294, 3437, 5340, 7514.
Dusaulx, 81, 1211, 2474, 2897.
Dusausoir, 6654.
Dusevel, 3247, 3248, 4117. II, p. 449.
Dusommerard, 2730.
Dussault, 2910.
Dussieux, 8265.
Dutens, 2360, 7146.
Du Teil, 2172.
Dutilleul (E.), 4538.
Duthilleul, 1610, 1611, 2969, 4109, 6794.
Du Tillet (J.), 5601.
Du Tilliot, 4471.
Du Vair, 1533, 3048, 7548.
Duval, 3189.
Duval (Amaury), 2881, 3920.

Duval d'Abbeville, 463, 7673, 7674.
Duval (Al.), 1181.
Duverdier, 7773.
Duvernet (Th.), 1716, 7799.
Duvigneau, 1244.

Eckard, 3264, 3424, 7802.
Eckins (J.), 1885.
Ecosse, 449, 7758.
* Edit de l'empereur Sparadille, 2364.
* Edits et arrêts, 4579.
Edme (Dom.), 1067.
Edwards, 1569.
Effen (Van), 3670.
Egger, 3944.
* Eglise chrétienne (de l'), 6238.
Egmond (H.), 7376.
Egron, 7104, 8169.
Eguilly (d'), 2185.
Egypte (l'), 381, 743, 810, 811, 818, 822, 825, 831, 838, 844, 1314, 3505, 3958, 4456, 6091, 6098, 7322, 7633.
Eibel, 7436.
Eichhoff (F. G.), 3366, 6230.
Eidous, 7409.
* Ein barozai de las rue, 3556.
* Electeurs de Brandebourg, 5879.
* Eléments de cavalerie, 6695.
* Eléments de morale, 4774.
Elie de Beaumont, 267.
El-Mohdy, 8012.
Elne Perpignan, I, p. 471.
* Eloge de la paresse, 6528.
* Eloge de l'enfer, 3845.
* Eloge de Louis XV, 4209.
* Eloge funèbre de Moreau, 1510.
* Eloge funèbre et hist., etc., 3773.
* Eloge historique, etc., 4244.
* Eloge historique de J. S. Bailly, 5428.
* Eloge historique, ou Vie abrégée, 3440.
* Eloquence militaire, 944.
* Embarras de la foire (l'), 3049.
* Emblemata amoris divini, 268.
* Emblemata anniversaria, 7359.
* Emblèmes ou préceptes moraux, 8387.
* Emblèmes d'amour divin (les), 4392.
Emery (d'), 3006.
* Empereur de Oppyck (l'), 4400.
* Encyclopédiana, 7950, 7973.
* Encyclopédie comique, 1034.
* Encyclopédie de pensées, 4838.
* Encyclopédie des gens du monde, 6347.
* Encyclopédie moderne, 1173.
* Encyclopédie théologique, par l'abbé Migne, 5028.
Enfantin (le P.), 358.
* Enfer de la mère Cardine (l'), 7277.
Engelmann (W.), 8482.
Enghien (duc d'), 2032.
* Entrée de Charles IX, II, p. 506.
* Entretiens d'Innocent XI, 1505.
* Environs de Paris (les), 1123.
Eon (le chevalier d'), 4234.
Epernay, 3550.
Epernon (duc d'), 5617.
Epictète, 1531, 4580.
* Epigrammes anecdotiques, 2274.
Epinay (Mme d'), 355, 2171, 6087.
Epiphane (S. T.), 4633.
* Epistole de Phalaride, 7043.
* Epistre de M. Saint-Etienne (l'), 6529.
* Epitaphe de frère Olivier Maillard (l'), I, p. 125, n° 6955.
* Epitome historiarum, 1551.
* Epreuves des caractères de la fonderie de Gando, 8054.
* Equitation (ouvrages sur l'), II, n°s 6680 à 6708.
Erasme, 229, 942, 1326, 2155, 3105, 3420, 3567, 3695, 4203, 4205, 5014, 6513, 7245, 7795, 8376, 8388.
Ermenonville, 2754, 4727.
* Erotopægnion, 565, 1562.
Errard (J.), de Bar-le-Duc, 7582.
Escherny (d'), 6170.
Eschyle, 74, 6729.
Escluseaulx (d'), 474.
Escobar (J. de), 3720.
Escoiquiz (J. de), 7412.
Escoubleau de Sourdis (H. d'), 2597.
Escuteaux (des), 3037.
Eslon (d'), 903.
Esmangart, 5913.
Esmenard, 549 *bis*, 4281.
Esope, 2462.
Espagnac (baron d'), 3398.
Espagne, I, p. 755, n°s 2342, 2417, 2492, 2497, 2847, 3075, 3192, 3392, 3693, 3705, 3740, 6601, 7647, 8149.
* Espagnols (livres), 3705 à 3740.
Espinel (V.), 3716.
Espinelle (d'), 3047.
* Espion dévalisé (l'), 2377.
* Espitre de M. Saint-Estienne (l'), 3434.
* Esprit de l'abbé Desfontaines (l'), 4446.
* Esprit de l'improvisateur françois (l'), 7951.
* Esprit de Molière (l'), 7958.
* Esprit des usages (l'), 7067.
* Esprit du Mercure de France, 2441.
Esquiros, 7754.
* Esquisses du pays, du caractère et du costume, 2847.
* Essai sur la solidarité littéraire, 8340.
* Essai de grammaire française, 3058.
* Essai d'histoire, 5052.
* Essai du nouveau conte, 6655.
* Essai historique sur la liberté d'écrire, 4760.
* Essai historique sur la nature, 5877.
* Essai historique sur les droits, 1422.
* Essai sur le système militaire de Bonaparte, 6777.

* Essai sur l'histoire du parchemin, 4742.
* Essai sur l'origine de la langne française, 4765.
* Essai sur quelques changements, 4209.
* Essais historiques, 7360.
Essigny (Gr. d'), 2244.
Essomes, I, p. 334.
Estrées (d'), 630, 630 *bis*.
Etampes, 2773.
* Etat de la France, 464, 467, 4945.
* Etat de la noblesse, 468.
* Etat des places, 469, 6169.
* Etat des royaumes de Barbarie, 816.
* Etat des services de MM. les officiers, etc., 7361.
* Etat du régiment des gardes, 5887.
* Etats militaires, 470.
Etats-Unis, 745, 7471.
Etemare (d'), 3963.
Etienne, 967, 6838.
Etienne (Henri), 65, 1769, 4174, 4590, 7717, 6263, 6569, 6636, 8171, 8407.
Etienne (Rob.), 4357.
* Etiquette du palais impérial, 5881.
* Etrennes de la noblesse, 472, 472 *bis*.
* Etrennes du Parnasse, 4431.
* Etrennes et vaudevilles, 3314.
* Etrennes militaires, 473, 6179.
* Etrennes nationales, 4809.
* Etudes religieuses, 7299.
* Etudes sur le texte d'Isaie, 3598.
Eu, 1616, 3692.
Euclide, 7550.
Eudemare (Fr. d'), 1317.
Eure, 3537.
Euripide, 74, 4203, 8389.
Eustache sieur d'Anneville, 2960.
Eutrapel, 184, 4531.
Euzèbe (Ph.), 337.
Evreux, 641.
* Examen de la procédure, 1226.
* Existence de Dieu, 7318.
* Expédition française en Egypte, 1978.
* Explication de l'institution, 475, 6191.
* Exposition de la doctrine physionomique de Gall, 4512.
* Extraits de quelques poésies du douzième siècle, 3356.
Eyles Yrwin, 6091.
Eymeric (Nic.), 7119.
Eynatten, 882.
Eyriès (F.), 4426, 7725.
Eysenbach, 5645.

Fabert, 1794, 2587.
Fabre (A.), 6563. II, p. 241.
Fabre (V.), 5443.
Fabre d'Eglantine, 270.
Fabre d'Olivet, 3184, 8183.
Fabris (Salv.), 5811.
* Fabulas futrosoficas, 6402.
* Facéties, dissertations singulières, etc., 229 à 248.
* Facétieuses rencontres de Verboquet (les), 2511.
* Factum pour dame Marie d'Aubray, marquise de Brinvilliers, 2684.
Faerne, 7551.
Faget de Baure, 2475, 3906, 8145.
Fagon, 917.
Fahne (A.), 5845.
Fail (Noël du), 184, 5693, 6848.
Fain (baron), 776, 2236.
* Faire ripaille, 4766.
Faiseau-Lavanne, 7676.
Falbaire de Quingey (de), 785.
Fallot, 2553.
Famin (César), 3353.
* Famosissima compagnia (della), etc., 6637.
Fangé (Dom.), 5264.
* Farce de maistre Pierre Pathelin (la), 102, 3444, 7155.
Fardeau, 3883.
Faret, 5458.
Fargès-Méricourt, 7864.
Farnabius, 2660, 2715.
* Fastes de la république, 4287.
Faubert (A.), 4507.
Fauchet (abbé), 6369.
Fauchet (Cl.), 2397, 2517, 4569, 5771.
Faucon (J. F.), 3556.
Faudet (abbé), 5142.
Faugère, 750.
Faujas de Saint-Fond, 532, 1669, 7757, 7758, 7847.
Faure, 4492.
Faure (l'abbé), 2681.
Fauriel, 175, 3557, 7100, 7715.
* Fausses démarches de la France (les), 5964.
Fauvel, 817, 2398.
Fauvelet du Toc, 476.
Favart, 1177, 2026, 6835.
Favé (J.), II, p. 645.
Faverot, 3243.
Favières (E. de), 7362.
Favre, 2949.
Faydit (l'abbé), 273, 1749.
Faye (P.), 1592.
Fayolle, 2386, 3512, 4482, 4508.
Federici (Dominique), 7241.
Feketi, 2301.
Feletz, 2218.
Felibien (D.), 1109, 1294, 1684, 2597 *bis*, 2726, 4867, 4927, 6062, 8247, 8248.
* Femmes (des), 6758.
Fénelon, 282, 314, 2003, 2843, 2982, 3100, 5063, 5307, 5314, 5471, 6514, 6994, 7149, 7552, 8017, 8210.
Fenestella, 3937.
Fenouillot de Falbaire, 1518, 6331.
Fer (N. de), 767, 7059.
Fereol (V. de), 2149.

Feriel (F.), 3388.
Fermanel, 817.
Ferret, 477, 7598.
Ferreras (J. de), 1688.
Ferrière le Vayer (Th. de), 4380.
Ferricis (Zach.), 7316.
Fertel, 5558, 8069.
Fertiault, I, p. 431, 611; II, p. 74, nos 477, 478, 646.
Fétis, 53, 3947. I, p. 239.
Feugère (L.), 1507, 1916, 2610, 3139, 5171 à 5173, 6569, 6963, 7141, 7182.
Feuillet (L.), 950.
Feuillet (Oct.), 5459.
Feuillet de Conches, 1482.
Feutry, 186.
Fielding, 226, 4395, 4548.
Fieux (de), 6070.
Fiévée, 4492.
* Figures (livres à), 296 à 314.
* Figures historiques, 3952.
* Figures pour divers ouvrages (suite de), 296 et suiv.
* Filles de Fontenay (les), 4334.
Filon (B.), 3896.
Finistère, 3543.
Fiorentino (P. Aug.), 2213.
Fiot (Cl.), 5382.
Fiquet, 2803.
Firmian (P.), 2002.
Fischer, 759.
Fitz-Warin (Foulques), 1689.
Flacon-Rochelle, 3890.
Flamand-Gretry, 1412.
Flamel (N.), 7759.
Flamichon, 2484.
Flaminio de Birague, 2189.
Flandres, 1071, 1072, 2591, 2869, 2977, 3253, 3263, 3268, 3560, 3904, 3912, 4716 à 4718, 4720, 5363, 6566, 6615, 6620, 8149.
Flavius Josèphe, 2312, 7723, 7760.
Fléchier, 250, 973, 1225, 3190, 6640, 7553, 7554, 7761, 7762.
Flers, 1617.
Fleschelle, 4290.
* Fleur des batailles, Doolin de Mayence (la), 5897.
* Fleur des chansons (la), 1962, 6381. I, p. 153.
* Fleur des commandements de Dieu (la), 1883.
Fleuranges (maréchal de), 1923.
Fleury (A.), 8349.
Fleury, 4527, 6118.
Fleury (Cl.), 3889.
Fleury de Chaboulon, 1325. 1632, 2170, 3094, 3556, 3924, 3987.
Fleury Saint-Benoit, I, p. 334.
Flippe Mitonno, 1351.
Flitner (T.), 6660.
Florence, 5321, 8251.
Florent (le comte), 4567.
Florian, 212, 1009, 3839, 8394.
Floride (la), 7471.
Florus, 4036.
Flottes (abbé), I, p. 555.
* Fluide universel (du), 872.
Flurance (D. R. de), 471.
Foë (Daniel de), 6262.
Foisset (H.), 3153.
Foix (Paul de), 1450.
* Folies parisiennes, etc., 5162.
Foncemagne, 4681.
Fongeray (de), 1273, 6297.
Fontaine, 3692, 3693, 5231, 5232.
Fontaine (P. J.), 6357, 4544.
Fontaine de Resbecq (A. de), 6962. I, p. 527.
Fontainebleau, I, p. 538, nos 3491, 3692, 4725, 5375.
Fontaine-Guérin (Hardouin de), I, p. 125.
Fontaines (L.), 7087.
* Fontainiana, 7974.
Fontanier, 5045.
Fontenay, 4735.
Fontenelle (de), 7122, 7117.
Fontenelle (abbaye de), 371.
Fontenelle de Vaudoré (De la), 1436.
Fontanus (J,), 728.
Fonteneau (Don), 1437.
Forbin (comte de), 3422, 6001.
Forcalquier, 5884.
Foresti (Foresto), 5644.
Forez (le), 1347 *bis*, 2595.
Forgeais (Arth.), II, p. 269.
Forlaix (S.), 6755.
Forster (Ch.), 1511.
Fortia de Piles, 4384.
Formey, 4329, 5550, 8301, 8390.
Fortia d'Urban, 2637, 2976, 3608, 6421, 7763, 8483.
Fortis, 1831.
Fortoul (H.), 6379, 6517, 8250.
Fortsas (comte de), 4488.
* Fortune d'amour (la), 6407.
Fossard (abbé), 2833.
Fothergill, 5045.
Foucart, 1129.
Foucaud (J.), 1355, 2944, 2948.
Foucault (comte de), 3252.
Fouché, 4507.
Foucher (P.), 6293, 6306.
Foucher (V.), II, p. 616.
Foucher d'Obsonville, 6101.
Fougeray (de), 7363.
Fougeret de Montbron, 4201, 6425, 7786.
Fouilloux (J. du), 4307, 6266, 7922, 7923.
Foulon (J. B.), 5129.
Foullon (R. P.), 478.
Fouquet (Mme), 8391.
Fourcade (A.), 4232.
Fourmont, 6527.

Fournel (V.), II, p. 129.
Fournier, 2416, 5567.
Fournier (Ed.), 1010, 4608, 4943, 6804, 6571, 6572. I, p. 153, 336. II, p. 45, 477.
Fournier (H.), 59, 8056 à 8058.
Fournier jeune, 5566.
Fournier de Pescay (Gust. Fr.), 4382.
Fournier-Verneuil, 4946.
Fouquet, 508, 893, 3345.
Fouquier-Cholet, 1145, 1146.
Fouquier de Maissemy, 2456.
Fourquet d'Hachette, 4735.
Framboisière (Nic. sieur de la), 1171.
Framery, 6755.
Franc (Martin), 5649.
France, 1164, 1166, 1214, 1229, 1319, 1454, 1515, 1563, 1564, 1566, 1567, 1568, 1569, 1570, 1571, 3530, 3532, 3533, 3534, 3535, 3693, 5124, 5230, 5356, 5357, 5363, 5398, 5906, 6371, 7374, 8149. II, p. 618.
* France (Histoire de) nos 329 et suiv., 354 et suiv., 5567.
* France ecclésiastique (la), 5360.
* France galante (la), 7309.
Franche-Comté, 1394, 1394 *bis*, 1618, 3236, 3255, 3256, 3374.
Francheville (de), 1303.
Franciose (C. de), 2154.
Francisce Sequens, 4543.
François (René), 7044.
François (saint), 3339, 4499.
François de Sales (saint), 2830, 3150, 7109.
* Francs-péteurs (les), I. p. 364.
Franklin, 910, 5672, 6149, 6507, 7044, 7364, 7813.
Franquen (de), 494 *bis*, 6163.
Freart de Chantelou (Rol.), 7550.
Frédéric le Grand, 988, 3153.
Fregier, 2023.
Freinshemius (F.), 3028, 7240.
Freitag (Arn.), 5498, 6372.
Freeman (Nic.), 6222.
Freminville, 5190.
Frenilly (de), 7883.
Frère (Ed.), 6861. I, p. 611. II, p. 74.
Freret, 955, 3797, 4219, 5074.
Freron. 1408. I, p. 166.
Freschot (C.), 479.
Fresse-Montvel, 7829.
Fretat (le P. Amable de), 8137.
Freville (E. de), 2554, 2555, 5454.
Frey (A.), 5570.
* Fripiers (les) satire, 2266.
Frise (la), 597, 2869.
Frocheur (Hor.), 4009.
Froidour (De), 7556.
Froissart, 329, 3918, 5046, 5226.
Fromaget, 5985.
Fromment (Ant.), II, p. 18, no 326.
Frontin (S. Jul.), 57, 548, 7324.
Frossard, 1839.
Frye (W.), 6139.
Fuchs (Léonard), 1759.
Fulgence (Fr.), 7244.
Furcrus (Christ.), 818.
Furetière (Ant.) 189, 1692, 3516, 4607 4608, 6046, 6843, 7503.
Furgole, 5746.
Fuschius, 728.
Fusil (M.), 2663.
Fustel de Coulanges, 3943.

Gachet, 970.
Gacon, 5270, 7214.
Gacon-Dufour (Mme), 1175, 3425.
Gaetan (Aug. Rose), 4322.
Gaete (Gaudin, duc de), 5923.
* Gages touchés (les), 3160.
Gagnier (J.), 1326.
Gaguin (Rob.), 8149.
Gaignes (de), 5338.
Gail. 20, 72, 1205, 1205 *bis*, 1494, 1514, 1516, 1469, 1470, 2616, 3274, 3339, 3680, 4499, 6418.
Gaillard, 2036, 4591, 6835.
Gaillard de la Bataille, 3174.
Gain-Montagnac, 2062, 2342.
* Gaieté patriotique (la), 4818, 7953.
* Galanteriana, 8159.
Galardi (de), 763.
* Galerie anglaise (la), 7955.
* Galerie de portraits, 2387.
* Galerie des états généraux (la), 1212.
* Galerie française, etc., 4632.
* Galeries historiques, 2424.
* Galerie impériale et royale de Florence, 8251.
Galeron, 2976.
Galiani (abbé), 2452.
Galien, 880.
Galitzin (prince A.), I, p. 69, 239, 583. II, p. 73, 101, 212, 297, 325, 381, 437, 449, 506, nos 6892 à 6894.
Gallais, 4223.
Galland, 4584.
Gallet, 2058.
Galli (L.), 1333 *bis*,
* Gallia christiana, 1108, 3741.
* Galliæ antiquitates, 7677.
Gallois (Et.), 2976.
Gallois-Mailly, 2268.
Galvani, 2034.
Gamba (Bart.), 740, 3494, 5016, 5543, 5547, 8303, 8304, 8466.
Gambart (A.), 1894.
Gaminville (Guillemin de), 889, 5041.
Gamon (A.), 5268.
Gandar (E.), 6596.
Gandelot, 3911, 5383.
Ganivetus (J.), 731.
Ganneron (Edm.), 5722.
Gans (E.), 4030.
Gap, 2477.

Garapon (L. P.), 1259.
Garasse (le P.), 4470.
Garat, 4271, 6044.
Garcia ab Horto, 697.
Garcin de Tassy, 1479, 4859, 6227.
Gard (le), 1078, 1817, 4736.
Gardien, 2102.
Garimberto (Girolamo), 4853.
Garinet, 506.
Garnier, 482.
Garnier (G.), 136, 5707.
Garnier (J.), 1357.
Garnier (P.), 5508.
Garnier-Deschênes, 4955, 6413.
Garonne, 1413.
Garonne (*Haute*), 4106.
Garreau, 1594, 3365.
Garrick, 1025.
Garsault (A. de), 6700, 6701.
Gascogne (la), II, p. 129, n° 8149.
* Gasconiana, 7975, 7976.
Gasparin, 1427, 7536.
Gastau, 7524.
* Gastronomiana, 8160.
* Gastronomie (la), 161.
Gatien-Arnoult, 2953.
Gatinais, 6710.
Gaucourt (marquis de), I, p. 499.
Gaudefroy (A.), 5696.
Gaudreau (L.), 2972, 5141.
Gaufridi (J. F. de), 1131.
Gaules (les), I, p. 334, n°s 1156, 3894, 4055, 4059, 4062, 4518, 5222, 7715.
Gaulle (de), 301.
Gaullieur, 8311.
Gaulmier (A. E.), 6431.
Gault (P.), 2956, 8134.
Gault de Saint-Germain, 2252, 8280.
Gaultier (abbé), 4613, 8221.
Gauthier de la Peyronie, 800.
Gautier, 1418, 2477.
Gautier (A.), 7884, 7885.
Gautier (René), 7235.
Gautier (Th.), 1134, 2784, 3562, 4943, 6572. I, p. 153.
Gautier d'Aupais, 1697.
Gautier de Sibert, 480, 481, 5590, 6176.
Gaur'Junis (Ile de), 4119.
Gascogne, 1044, 1337, 1342, 1347, 4104.
Gavard, 5398.
Gavarni, 3562, 6810.
Gay (Delphine), 2666, 2901, 6910.
Gaya (de), 3429, 5694.
Gaza (Théod.), 6868.
* Gazette de Cythère (la), 5165.
* Gazette de Moscou, 1719.
* Gazette des beaux-arts (la), II, p. 645.
* Gazette des nouveaux tribunaux, 1255.
Gelée (Th.), 5369, 5512.
Gelli (A.), 2624.
Gellé (J. B.), 6509.
Gembloux (Pierquin de), 6795.
* Généalogies, 401 et suiv., 597 et suiv.
* Généalogie de la maison de Mailly, 624.
* Généalogie de la famille de Bruc, 6166.
* Généalogie de la maison d'Aubigné, 5816.
* Généalogie de la maison de Toustain, etc., 485, 6168.
* Généalogie historique de la maison royale de France, 483, 6161.
* Généalogies historiques, 486, 5740.
* Généalogie particulière, 487.
* Généalogie des seigneurs de la Motte Saint-Florentin, 5587.
* Généalogie des maisons souveraines de l'Europe, 5855.
Genebrard (Gilb.), 7723.
Générés des Roches, 4029.
Genève, 7646. II, p. 18, 326.
Genin (F.), 752, 2597, 3161, 3319, 3320, 6359, 6582, 7764. I, p. 69.
Genlis (Mme de), 2069, 3642, 3962, 5640, 7017, 7030.
* Genlisiana, 7977.
Genoude (de), 6239.
Gentillet, 8023.
Genty de Bussy, 6099.
Geoffroy-Château, 5174.
Geoffroy Saint-Hilaire, 1978.
* Géographe parisien (le), 4905.
Georgel, 3419.
Gerando (de), 32.
Gerardmer, I, p. 538.
Geraud (H.), 1203, 2597, 3557.
Gerauldly, 5507.
Gerberon (Dom), 1220.
Gerbet (abbé), 6367.
Gerdil (le P.), 488.
Germain, 3520, 4124, 4198.
Geoffroy, 2265, 2912.
Geoffroy (abbé), 6328.
Germon (le P.), 489, 6175.
Geronval (de), 3554.
Gers, 4103.
Gerson, 86, 550, 1458, 2361, 3770.
Geruzez (F.), 1652, 2420.
Gervaise (D.), 1292, 7207, 3223.
Gessner (Salomon), 141, 3197, 4361, 7101, 7557.
Geulette, 5494, 6554.
Geulincx (A.), 4646.
Gherardi, 3158.
Giblet-Cypriot, 819.
Gigon du Bessix, 5618.
Gignet (Ant.), 5685.
Gilbert, 4194.
Gilbert (M.), I, p. 334, n°s 365, 366, 1069, 5129, 5161, 5394.
Gilbert, 157, 266, 2267, 3292, 5475.
Gilbert de Montreuil, 90.
Gilles (Nicole), 2851.
Gilles d'Aurigny dit le Pamphile, 2471.
Gillot (Mme), 6258.

Gin, 73, 2161.
Ginguené, 180, 2517.
Giovio, év. de Nocera, 4177.
Girac (de), 576, 8432.
Girard, 490, 1948, 4387, 5020, 5185, 6196, 6610.
Girard de Roussillon, 6853.
Girardet (P. A.), 6863.
Girardin (Mme de), 6279, 6337.
Girardot (A. de), 5394.
Girardot de Noseroy, 3256.
Giraud, 2169, 2342, 3133, 3573, 4215, 6112, 7365.
Girault, I, p. 334, nº 2563.
Girault de Saint-Fargeau, 4691, 7679.
Giraut-Soulavie, 7678.
Girod-Novillars, 1368.
Girodet-Trioson, 2268.
Gironde (la), 1818, 4736.
Giron de Buzareincues, 4011.
Giry (Fr.), 5929.
Gisors, 5162.
Gisors (A. de), 5914.
Gissey (P.), 602, 6068.
Gita (Ginez Perez de), 3400.
Glaire (abbé), 1726.
Glanius (M.), 6890.
Glaser (Ch.), 516.
Gléon (marquise de), 6311.
* Glossarium eroticum, 1008.
* Glossary of terms, 491, 2371.
Goa, 3033.
Gobineau (A. de), 2673.
Gobinet (Ch.), 6840.
Godard, 1070, 3555.
Godard (Léon), 6881.
Godard-Faultrier, 2294, 2737, 4023, 6198.
Goddé (J.), I, p. 330.
Godeau (Ant.), 1888, 6646.
Godefroy (Ant.), 2840.
Godefroy (Denis), 344, 3343, 4849.
Godefroy (Th.), 1056, 5817.
Godonnesche, 6054.
Godoy (D. Manuel), 4281.
Goethe, 952, 6005, 7365, 7766.
Gœurot (Jehan), 40.
Goguet (Ant. Yves), 7367.
Goin, 7680.
Golbery, I, p. 334, nos 7767, 7858.
Goldoni, 2878, 3508, 6284.
Gollut (Loys), 1394.
Golowkin (le comte Fedor), 3765.
Goltzius (H.), 3399.
Gombauld, 2712.
Gombert (M. de), II, p. 46, 158.
Gomboust, II, p. 326, 353.
Gomez (Mme de), 958, 3246.
Gomicourt (Damiens de), 8418.
Goncourt (de), I, p. 211. II, p. 156.
Gondar, 892, 4939.
Gondin, 5268.
Gongora (D. Luis de), 3723.
Gonia de Palafos, 4151.
Gonod (B.), 1585, I, p. 334.
Gonon, 5230, 5388.
Gontery (R. P.), 3426.
Gonzagues (Anne de), 3571.
Gordon (A.), 7768.
Gorio (A. F.), 5189.
Gorgy, 5667.
Gorsas, 3104.
Gosmond de Vernon, 6055.
Gosse, 3912, 8090.
Gosselin, 3640, 8395.
Gottlieb von Murr (Chr.), 1508.
Goube (J. J. C.), 1099.
Goudoulin (P.), 1174, 1342, 1346, 1347, 3239, 5839.
Gouges (Ol. de), 6363.
Gouge (Mme de), 6304.
Goujet (abbé), 3164, 4440, 4453, 5400, 7077, 7506.
Goujon (J.), 820.
Goulart (Simon), 584, 1167.
Goulet (Robert), 5079.
Goulu (le P. Jean de Saint-François), 4580.
Gourdon de Genouillac, 5755, 5756. I, p. 364.
Gourcy (abbé de), 6345.
Gourgaud, 1333, 6108.
Gouriet (J.), 1431, 1756, 7145.
Gournay, 6519.
Gourville, 4148.
Gousset (le card.), 1144.
Goveanus (Ant.), 8376.
Goze (A.), 4116.
Gracian (Balth.), 3127, 3484, 3858, 6181, 7368.
Graffigny (Mme de), 263, 3143, 5984, 6711, 7558.
Gragnon Lacoste, 492.
Graimberg (Ch.), 3891.
Graindor de Douai, 3077.
Grammont, 213.
Grand-Claude (A.), 2976.
Grandidier (abbé), 1403, 4093.
* Grande Bible renouvelée des Noëls (la), 2994, 5424.
* Grande riunione tenuta in Roma, 760.
* Grande-Saude (N. D. de la), 2596.
* Grandes chroniques de France, 2544.
Grandmaison (Ch.), 6152.
Grandpré (L. de), 4504, 6094.
* Grand secret des philosophes (le), 881.
Grandval, 1518, 1519, 3570, 5271, 6775.
Granet (l'abbé), 272.
Granier de Cassagnac (A.), 5608.
* Grans regretz et complaintes (les), 779.
Grasset (R. P.), 5525.
Grasset Saint-Sauveur, 554, 4323, 7952.
Gratius, 7940.
Graverol, 7800, 7999.
Gray (Thomas), 4508.

Grave (Jos. de), 7443.
Graverol, (Fr.), 7244.
Graves (L.), 1074.
Gravier, 1653.
Graville, I, p. 334.
Graville (Graillard de), 3659.
Grèce (la), 319, 381, 810, 838.
Grecourt, 135, 135 *bis*, 1023, 3201, 6628.
Grégoire, 14,544, 6363.
Grégoire (év. de Blois), 2308, 5947, 6393, 6745.
Grégoire de Tours (saint), 8197.
Grégoire (Gasp.), 2706, 7755.
Grégoire (L.), 1477, 1480.
Grégoire IX, 8151.
Gregory (de), 7353.
Grellius (J.), 710.
Grellmann, 1192, 3157, 7078.
Grenaille (de), 242.
Gresset, 145, 298, 960, 961, 2040, 6595, 6629, 7559.
Gretch, 6874.
Gretsern (J.), 6776.
Grevin (J.), 985.
Grieck (J. de), 2109.
Griffet, 1720.
Grignon, 1805.
Grille, 1315, 1972, 3187, 7258 à 7263, 7903.
Grillparzer (P.), 6012.
Grimarest (de), 7034.
Grimaud de la Reynière, 4282, 6285.
Grimaudet (Fr.), 4156.
Grimm, 2528, 2875, 5668, 7537.
Gringore, 5653.
Grisier (A.), 4316, 5861.
Grisone (Fr.), 6686.
Grivaud de la Vincelle, 2870, 4024, 7581.
Grivel, 8948.
Gros, 1507, 2238, 3185, 6459 *bis*.
Grosley, 1201, 3551, 3556, 4083, 4256, 4708, 6429, 6643, 7369, 7611.
Grotius (H.), 5197, 4682, 7247, 8291, 8402.
Grotthuss (Th. de), 864.
Grotto (L.), 6656.
Grou, 19.
Grouchy (de), 1264.
Gruet, 2409.
Gruget (Cl.), 6870.
Grujet (F.), 8204.
Grun (A.), 3351.
Guadet, 7865.
Guaguin (Rob.), 1198.
Gualdi, 7239.
Guarini, 4183.
Guarinius (Alex.), 5291.
Guattani (J.), 2351.
Gudin (Ph.), 1229, 1703.
Gueudeville, 230, 231, 942, 3105, 3188, 3695, 4205, 4498, 6514, 7162, 7795.
Gueffier, 2383, 4204, 5116
Guellette, 1912.
Guemadeuc (Baudoin de), 1261, 6611.
Guenard (A.), 3238.
Guenard (Mme), 566.
Guenebauld (J.), 2787.
Guénée (abbé), 4618.
Guepin, 4695.
Guer, 3609, 5325, 6972.
Guerard (A.), 2617.
Guerard (B.), 1553, 1606, 7622, 7682.
Guerard (E.), 751.
Gueret (G.), 3028.
Guerin, 2621.
Guerin (le d^{r}), 2871.
Guerin (J. B.), 4028.
Guérin (R. F.), 7759.
Guérin de Bouscal, 1664.
Guerin du Rocher (abbé), 4013.
Guerle (J. N. de), 284.
Gueroult, 5866.
* Guerre des petits dieux (la), 4283.
Guettée (l'abbé), 2346.
Guevara (D. Ant. de), 1455, 3007, 3708.
Guiart (Guill.), 5226.
Guibert, 6334.
Guibert (Mme), 7769.
Guibert (Ph.), 930, 3530.
Guicciardini, 2124, 4232 *bis*, 5013.
Guichard (Marie), 4531.
* Guide du bonheur, 7152.
* Guide parisien, 4964.
* Guide pittoresque du voyageur, 2497, 4877.
Guidi (abbé), 7354.
Guignard (de), 493.
Guilleraque, 574, 7114.
Guillon (l'abbé), 51.
Guillaumot (A.), 5162.
Guilhermy (de), 5103, 5104.
Guillemeau, 5076.
Guinodie, 4101, 4723.
Guinterius, 5509.
Gui Patin, 4898, 8184.
Guiraud (A.), 2666.
Guiraudet, 2036.
Guiristinoki, 6401.
Guischard (Ch.), 2880.
Guise (le duc de), 3151, 4984, 5308.
Guizot, 329, 356, 3585.
Gumble (Th.), 7227.
Gursler (Nic.), 6069.
Gusman (Jacques de), 7235.
Guttinger (Ulric), 3066.
Guy Allard, 1387, 1388.
Guyane (la), 1233, 6617.
Guybert (Ph.), 5516, 5517.
Guyenne, 1395, 2596, 2760. II, p. 129.
Guyetand, 1502.
Guy Joly, 1301, 3360.
Guyon (J.), 4736.
Guyon (abbé), 7981.

Guyot, 6435.
Guyot (l'abbé), 3887.
Guyot (H.), 5506.
Guyot de Fère, 2400, 5357, 7683.
Guyot de Merville, 6475.
Guyot Duvigneul (Th.), 3962.
Guys, 5039, 7394.
Gyraldus (L. Gr.), 6868.

Habasque, 1384.
Haben Hamin (Hamado), 3400.
Hubert (abbé), 7770.
Hacot (Jos.), 3090.
Haen (Ant. de), 5540.
Haes (Oscar de), 3394.
Hahn Hahn (Ida), 6891.
Haiber (J.), 6386.
Hainaut, 2869, 2976, 2977.
Hales, 523, 8396.
Hàlevy (Léon), 2603, 3672. I, p. 295.
Hamilton, 213, 4279, 5318, 5655.
Hamilton (lady), 6233.
Hamon (A), 6080.
Hansard, 8059.
Hapdé, 2056.
* Harangue à la reine, 6928.
Harcher (J. B. L.), 1859.
Hardi (J.), 2624.
Hardouin (J. E.), 2082, 7149.
Hardouin de Péréfixe, 7252.
Hardy (Alex.), 5220.
Harmand (J. B.), 5431.
Harmant, 1154.
Harmont dit Mercure (G.), 4307.
Harris (G.), 723.
Harthausen (A. de), 6876.
Hasselt (Van), 53, 3559.
Hatin (E.), 5003, 5113.
Haton (Cl.), 3557.
Haudart, 1897.
Haudicquer de Blancourt, 564, 5735, 8397.
Haudiquier (D.), 1083.
Hausset (Mme du), 4274.
Haute-Garonne, 3219.
Haute-Marne (la), 5377.
Haute-Vienne, 4700.
Hautes-Pyrénées, 2778.
Hauterive (le c^te d'), 7370.
Hauteroche, 934, 3756.
Haureau (Barthél.), 1406, 2976, 7904. II, p. 534.
Hauy, 503.
Havet, 1507.
Havre (le), 1819, 1396.
Hawke (P.), 2737, 6198.
Hay, 4969, 5876.
Hay du Chastelet (P.), 1191.
* Hasard du coin du feu (le), 3843.
Heauville (abbé), 5163.
Hebert, 3369.
Hebert Duperron (l'abbé), 3824.
Hecart, 5061.
Hecart (G. A. J.), 7947, 8028.
Hecatæus Milesius, 3601.
Hecquet, 5513.
Hedelin, 994, 7163.
Hedelin (Fr.), abbé d'Aubignac, 3654, 6832.
Hédouville (de), 6908.
Heeler (J.), 3560.
Heerman (G.), 5556.
Heeren, 7371, 7372.
Heince, 2604.
Heine (H.), 6813.
Heiltz le Maurupt (de), 3553.
Heinsius, 2721, 3799, 6508.
Heinzman, 2064.
Helbig, (H.), II, p. 449.
Héliodore, 75.
Helland (G.), II, p. 477.
Helvetius, 522, 916.
Henault (président), 6246, 6484, 7560, 7684.
Henaux, 1950.
Hengel (van), 4379.
Henin, 1741, 4134, 7561.
Hénin de Cuvillers (le baron d'), 7373.
Hénon, 7285.
Hennet, 3879.
Henri II, 3339, 4499.
Henri IV, roi de France, 5671.
* Henri IV, ou la Reddition de Paris, 6317.
* Henri IV peint par lui-même, 3322.
Henri VIII, 1460.
* Henriade travestie, 7215.
Henrion, 895, 3101, 3831, 7771.
Henriquez, 2577, 4261.
Henry, 8060.
Henry (abbé A.), 4871, 7875.
Henry (J. F.), 8091.
Henry, d'Arnaville, 1438.
Herault de Séchelles, 2052, 7314.
Herbelot (d'), 2658.
Herberay (N. de), 1455, 3008.
Herbert (Th.), 4861, 6558.
Héricart de Thury, 5123.
Hérincourt, 8092.
Hérissant, 4508
Hérisson, 1423, I, p. 363.
Herluison, 4709, 4829.
Herman (François), de Malte, 5849.
Hermann (J. F.), 3217, 4094, 7866.
Hermant, 494, 5776.
Hermilly (d'), 1688.
Hernandez, 3222.
* Héro et Léandre, 4414.
Hérodian, 2819.
Hérodote, 275, 3294.
Héron, 562, 8398.
* Héros de la France (les), 6645.
Herpin (R.), 2283, 3053
Hersent (R. P. Ch.), 6857.
Hertuis, 5439.
Hervet (Gentian), 6038, 7280.

Hervey, 4294.
Héry (abbé), 3369.
Hésiode, 2161.
Hesdin, 8106.
Hesseln (R.), 5358.
* Heures à l'usage de Rome, 5842.
* Heures nouvelles, 5900.
Hilarion de Coste, 597 *bis*.
Hilbey (C.), 2229.
Hillet, 1337.
Himly, 1976.
Hindoustan, 3505.
Hippeau, I, p. 527; II, p. 241, 505, 534.
Hippisley (G. B.), 6828.
Hippocrate, 880, 5518.
* Hippolytus redivivus, 765.
* Histoire ancienne (livres d'), nos 315, à 328.
* Histoire amoureuse de Flores et Blanchefleur, 5829.
* Histoire d'Aurelio et d'Isabelle. 3027.
* Histoire de Fanfreluche, 6633.
* Histoire de France (livres sur l'), 329 à 382.
* Histoire de Huon de Bordeaux, 3999.
* Histoire de Jean de Calais, 4187.
* Histoire de Jean de Paris, 2370.
* Histoire de l'abbaye de saint Polycarpe, 1166.
* Histoire de l'abolition, 5732.
* Histoire de la conqueste, 823.
* Histoire de la fondation des hôpitaux du Saint-Esprit, 4776.
* Histoire de la Gaule, 4049 à 4063 *bis*.
* Histoire de la maison de Savoie, 625.
* Histoire de la succession, 3138.
* Histoire de la vie du procès, 1302.
* Histoire de la vie, faits et voyages de Louys III, duc de Bourbon, 7562.
* Histoire de l'emprisonnement de Charles IV, 8033.
* Histoire de l'espèce humaine (l'), 4350.
* Histoire de l'esprit révolutionnaire, 6343.
* Histoire de l'ex-garde, 7564.
* Histoire de l'horrible assassinat, 3886.
* Histoire de l'ordre de la Légion d'honneur, 5840.
* Histoire de Mlle Cronel, 3974.
* Histoire de Napoléon Bonaparte, 7772.
* Histoire de Paris (ouvrages relatifs à l'), II, nos 4901 à 4971; 5079 à 5160; 5232 à 5235.
* Histoire des amours de Lysandre, etc., 5241.
* Histoire des derniers troubles, 3784.
* Histoire des hérésies, 5309.
* Histoire des intrigues galantes, 5983.
* Histoire des merveilleux faicts, 4136, 5823.
* Histoire des modes, 2382.
* Histoire des nobles prouesses, 4000, 6066.
* Histoire des paroisses de la banlieue, 4928.
* Histoire des provinces et des villes de France (livres sur l'), I, nos 1040 à 1154, 1356 à 1453, 1563 à 1572, 1579 à 1662, 1778 à 1872, 2558 à 2596, 2723 à 2802, 2954 à 2975, 3217 à 3272, 3530 à 3555, 3894 à 3917, 4064 à 4125; II, nos 4688 à 4734, 5356 à 5397, 7652 à 7712, 7857 à 7916, 8086 à 8147.
* Histoire des révolutions, 2282.
* Histoire des seigneurs de Gavres, 1679.
* Histoire des sociétés secrètes, 1269.
* Histoire d'Hélène Gillet, 4754.
* Histoire du chevalier Paris et de la belle Vienne, 5237.
* Histoire d'un braconnier, 4312.
* Histoire du noble Tristan, etc., 6036.
* Histoire d'un pou français, 7142.
* Histoire du Palais-Royal, 2807, 6255.
* Histoire du procès de Charles Stuart, 4685.
* Histoire du procès du chancelier Poyet, 7775.
* Histoire entière de Charles Stuart, 378.
* Histoire miraculeuse, 3838.
* Histoire nouvelle dédiée au génie du siècle, 7177.
* Histoire pitoyable du prince Erastus, 1187.
* Histoire pittoresque de la marine, 5437.
* Histoire romaine, 324.
* Histoire sacrée, 7103.
* Histoire sacrée de la Providence, 2092.
* Histoire très-récréative (l'), etc., 6033.
* Histoire véritable de la mutinerie, etc., 4916.
* Histoire véritable de Vernier, 1351 *bis*.
* Historiæ romanæ epitome, etc., 7251.
* Historial du jongleur (l'), 97, 98, 2499.
* Historiettes galantes et grivoises, 5688.
Hita (Ginès Perez de), 3229, 3732.
Hiver de Beauvoir, I, p. 125; II, p. 589.
Hobbes, 572.
Hobhouse, 7777.
Hoefer, 21, 599.
Hœmonius, 597.
Hoffmann, 5005, 6604.
Hoffmann (A.), 7376.
Hoffmann (Don Conrad), 1935.
Hoffmann (Guill.), 3603.

Hoffman (F. B.), 3060, 6825.
Hoffmann von Fallersleben, 3630.
Hoffstadius (J.), 873.
Hogarth (W.), 4636.
Holbach (baron), 7387.
Holbein, 1011.
Hollande, 784, 2869, 2835, 5202, 6100, 7374, 7422.
Holmes, 3210, 4210
* Homes of american authors, 3754.
* Homes of american statesmen, 3753.
Homère, 3071, 3335, 3867, 4338, 7265.
* Homère danseur de corde, 2681.
* Homme aux trente-six fortunes (l'), 7804.
* Homme d'estat (l'), 498, 6173
Hondt (de), 5214.
Hongrie (Aug. de), I, p. 499.
Honorat (J.), 1345.
Hontes (J.), 4142.
Hopital (l'), 1546.
Horace, 77, 585, 2099, 2287, 2603, 3069, 3516, 4131, 4170, 4267, 4881, 5295, 5351, 5688, 5974, 7019, 7076, 7255.
* Horloge spirituelle, 2366.
* Horologiographie universelle, 3652.
* Horoscope impérial (l'), 702.
Horstius (J. M.), 594, 2835.
Houdetot (d'), 4310, 4313, 5421, 7930, 7936.
Houllier, 1148.
Houssaye (A.), 5058.
Howard (A.), 3362.
Hoyois, (H. J.), 8312.
Hozier (d'), 427, 453, 454, 455, 2756.
Huar, 133.
Huarte (J.), 2390, 7377, 7378.
Huber, 4546, 7776.
Hubners (J.), 5848.
Huc (Th.), 5215.
Hudibras, 6786.
Hudson-Turner, 2372.
Hue, 2504.
Huerne de la Mothe, 7465.
Huet, 199, 2141, 2750, 3979, 6742.
Huet de Froberville, 4393.
* Huetiana, 7978.
Hughes (T. S.), 6940.
Huginus, 721.
Hugo (A.), 3535, 6442, 7686.
Hugo (V.), 168, 2094, 2666, 4992, 4993, 5002 *bis*, 5410, 5411, 6125, 6278, 6336, 6919, 8186. I, p. 392.
Hugues de Lincoln, 1683.
Hugues de Saint-Victor, 6034.
Huguet, 4703.
* Huit philosophes errants (les), 1157.
Hulin (comte), 2032.
Hullin de Boischevallier, 4297.
Hulst (F. Van), 1673, 1674, 1675, 1676, 3779.
Humboldt, 733, 6237.
Hume (D.), 4228, 7111.
Humière, 4826.
Humphreys (D.), 5949.
Huon de Bordeaux, 6622.
Hurault (Mich.), 4147.
Hurtado de Mendoza, 3713, 3717.
Hurtaut, 1111, 2549, 3271, 4933.
Husson (F.), 8243, 8244.
Husson (Matthieu), 1084. I, p. 334.
Huston (J.), 5413.
Hutton, 2402, 7778.
Huzard, I, p. 331, n°s 4318, 6705, 6979.
Hyde (Th.), 4879.

* Iconographie des Pharaons, 4022.
* Iconologie, 2107.
Ignace de Jésus-Maria (le R. P.), 2332.
Ignace de Loyola, 6855.
Ile de France (l'), 1820, 1821, 5433.
Ille et Vilaine, 1443, 4691.
* Illustration (l'), 3919, 6498.
* Illustres infortunés (les), 6536.
Imberdis, 3541, 8127.
Imbert (J.), 362, 2304, 7569.
* Imitation de J. C., 4301, 4518.
* Imposteurs démasqués (les), 7392.
Imhof (J. Will.), 5721.
* Impositions typographiques, 8062.
* Imprimerie (ouvr. relat. à l'hist. de l'), II, n°s 8042 à 8085 *bis*.
* Inauguration de Pharamond, 1188.
Inchbald (M^{rs}), 6273.
Indes (les), 842, 3146, 3147, 3812, 3893, 4582, 4861, 5435, 5924, 6094, 6098, 6872, 6890, 7328.
* Index librorum, 5542, 5552.
* Indice delle stampa, 3136.
* Infernaliana, 7979.
* Ingénue (l'), ou l'Encensoir, 5042.
Ingram (R. J.), 1196.
Innocent III, 2821.
* Instructions à l'usage des voyageurs, 3957.
* Instruction facile pour connaître les orangers, etc., 6735.
* Instruction sur les dispositions, 570, 8403.
* Interests et maximes des princes, 7250.
* Intérieur de ma chambre, 3702.
* Intérieur des prisons (l'), 4671.
* Inventaire du dénombrement, etc., 5156.
* Investiture du duché de Milan, 3029.
Iraillh (abbé), 4449.
Irlande, 449, 8149.
Irving (Wash.), 3730.
Isabeau, 2102.
Isère, 4081.
Isidore de Séville, II, p. 166.
Isla (Jos. de), 3734.
Isocrate, 2409.

Issoudun, 3548.
Italie, 811, 817, 838, 2926, 3391, 3693, 3881, 4551, 4476, 6105 à 6107, 6430, 7614, 8189, 8269.
Itard (E. M.), 1135, 2456.
Ivart (V.), 8136.
Izarn (J.), 864.

Jaclot de Saulny, II, p. 157.
Jacob, 8064.
Jacob (chev.), 7779.
Jacob (bibliophile), I, p. 390, nos 222. 2809, 2927, 3822, 4125, 6283, 6587, 6588, 8306.
Jacobk (Ger.), 5376.
Jacottet (J.), 1558, 2495.
Jacquemont (V.), 3290.
Jacques Jacques, 6050.
Jacques (le cousin), 3321, 5432.
Jacquet, 600, 5745.
Jacquet-Delahaye-Avrouin, 7687.
Jadelot, 733.
Jager (l'abbé), 2856.
Jahm, 4881.
Jaillot, 4904.
Jal (A.), 49, 52, 3079, 5162, 8254.
* Jambe de bois (la), 4868.
James (sir), 4347.
Jamet, 3108.
Jamin, I, p. 538.
Janin (J.), 220, 222, 1901, 2984, 3491, 5246, 5398, 5468, 5656, 5691, 5936, 6009, 6256. II, p. 241.
Jansen, 4514, 6219.
Jaquelot, 1537.
Jaquesson (E.), 4957.
Jaquot, 7940.
* Jardinier français (le), 7253.
* Jarretière (la), 4168.
Jarrige (P.), 1312, 6240, 7118.
Jary (Fr.), 5296.
Jasmin, 2533, 2534.
Jaubert (L. de), 4302, 7052.
Jaubert (comte), 6093. I, p. 499, 555.
Jauffred (J. B.), 2593.
Jauna (D.), 822.
Jay (A.), 4582, 5443, 6222, 8255.
Jeancard (abbé), 5992.
* Jean danse mieux que Pierre, 343.
Jean d'Auton, 3822.
Jean de Troyes, 3859.
Jean du Port, sieur des Rosiers, 7885 *bis*.
Jean-François (D.), 1088.
Jean Second, 1552, 2120.
Jeanne d'Arc (ouvrages sur), II, nos 6896 à 6918.
Jeanron (P. A.), 8256.
Jeantin, I, p. 538, nos 3228, 6920.
Jeffries (D.), 531.
Jerosme (R. P.), 1542.
Jérusalem, 805, 822, 823, 830, 834, 835, 836, 837, 839, 840, 857.
* Jésuites (pièces sur les), 1545.
* Jeux de cartes tarots et de cartes numérales, 7004, 7005.
Joachim, bey de Tunis, 6300.
Johanneau (Eloi), 1232, 1713, 2404, 3507, 3689, 5913, 6327, 7379, 8342.
Johnson (Abraham), 7603.
Joinville, 5830, 6180, 7326.
Jolibois (T.), 1380.
Jolibois (l'abbé), 2746, 2970.
* Jolie femme (la), 6989.
Joliffe, 831.
Jolimont (T. de), 2740, 4832, 4833. I, p. 403.
Jollois, 3556.
Joly (Cl.), 6814.
Joly de Maizeroy, 4248.
Jombert (A.), 4571.
Joncourt (de), 318.
Jones (J.), 927.
Jordan (Cam.), 5333.
Jordan (Ch. Et.), 4439, 7374.
Josset, 6504.
Joseph (le roi), 1179.
Jouarre, 2976.
Joubert (L.), 2184, 3866, 5988, 6362, 6555.
Joubleau (F.), 1515.
Jouffroy (Ach. de), 1563.
Jouffroy (Th.), 3407.
Jouffroy d'Eschavannes, 410, 601.
Jouin, 6396.
Joulain fils, 8257.
Jourdain, 2072, 2986.
Jourdan, 5797.
* Journal des choses mémorables, 3430.
* Journal de Sévastopool (le), 6877.
* Journal du camp de Loudun, 3348.
* Journal historique, 7571.
Journiac Saint-Méard, 5427.
Jouve (L.). 6912.
Jouvin, 825.
Jubinal (A.), 88, 99, 406, 771, 771 *bis*, 802, 1713, 5948, 6594, 6995, 7006, 7014, 7015, 7349, 8307.
Jude, 7380.
Judée, 810, 827, 831.
Juillard de Jarry, 4475.
Juin (abbé), 5759 *bis*.
Injurieux en Bugey, 1075.
Julian Fane, 6011.
Julien (sieur), 4599.
Jullien (Aug.), 5434, 6380.
Jullien (B.), 3187.
Jumièges (abb. de), 372, 3066.
Jung, 6806. I, p. 471.
Junquières (de), 1528, 3833, 5474.
Junius (Hadrianus), 6865.
Jura, 3257, 4721.
Jurisc (P. J.), 7.
* Jurisprudentia heroica, 603.
Jussieu (de), 7780.
* Justes plaintes du sieur Tabarin (les), 6950.

Justin, 6644.
Juvénal, 81, 581, 1211, 2884, 3516.
* Juvénales (les), 4283.
Juvenel (F. de), 3649.
Juvigny (Rigaley de), 5259.

Kakoreff, 6883.
Kant, 4550.
Kao-Tong-Kio, 7567.
Karikoff, 5192.
Karr (Alph.), 4047, 7332.
* Keepsake for 1836 (the), 6574.
Keller (A.), 3713 *bis*, 3776.
Kentzinger, 2228, 7867.
Kerquifenen (Cl. de), 6509.
Kératry (de), 5421.
Kervyn de Lettenhove, 5217. II, p. 73.
Kervyn de Volkaersbeke, 6609. I, p. 404.
Ketele (J.), 5595.
Keuchenius (Rob.), 715.
Kiefer, 2091.
Kippingh (H.), 7313.
Kirchmaier (G. G.), 38.
Klerk (J. de), 3560.
Knox (Rob.), 4462.
Kœler (J. D.), 5805.
Kœstler (F.), 6017.
Komarzewski, 4667.
Kottenkamp, 5851.
Kotzbue, 2068.
Kraenner Lehon, I, p .330.
Krafft (J. L.), 4848.
Kucharski, 3264.

Labadie, 7798.
Labanoff de Rostoff (A.), 1666, 1678, 2075, 7432.
La Barre, 556, 4930.
La Barre de Beaumarchais (de), 3862, 4442.
La Bassée, 1076.
La Bastide (de), 7394.
Labaume, 7643.
Labbé (G.), 2570.
Labbe (P.), 1564.
La Bellière, s^r de la Niolle (de), 3513.
Labbey de Billy (N.), 2757.
Laberthais, 4706.
Lablée (J.), 4283, 5721, 6638.
La Bœssière, 604.
La Boetie (Et. de), 1955, 6236.
La Bonnodière (D.), 7572.
Laborde, 1077.
La Borde (de), 3075, 4954, 5426. II, p. 101.
Labouderie, 1706.
Labouisse, 3962.
La Boulaye le Goux (sieur de), 2571, 4865.
Laboulaye (E.), 2618.
La Boulinière, 2479.
Labour, 8147.
La Bouthière (de), 2515.
La Bretonnière (E.), 7573.
La Brosse, 994, 7163.
La Bruyère, 30, 1311, 2097, 4152, 4157, 4469, 4631, 6502, 6939, 6984, 7574 à 7576, 7782, 7924, 7936.
La Bruyère (Barbeau de), 2808.
La Bruyère et la Rochefoucauld, etc., 4976.
* Labyrinthe royal, 8152.
La Calprenède, 1766.
La Capelle, 8113.
La Case (J. de),
Lacépède (comte), 3529, 5263, 7784.
La Chambre (de), 2391, 3511, 4299, 7243, 7577.
La Chapelle (Arm. de), 203, 4997, 5261, 8378.
La Charette (chev. de), 6354.
La Chausse (M. A. Causeo de), 3396.
La Chaussée (Nivelle de), 943, 2879. I, p. 471; II, p. 437.
La Chesnaye des Bois, 457, 606, 607, 2606, 5747, 5749.
La Chetardie (de), 2843, 3089.
La Cheze (René de), 2942.
Laclos (de), 1212.
La Colombière (Wilson de), 5717.
Lacombe, 6211, 6889, 8188.
Lacomte (J.), 7949.
La Coquille (le sieur de), II, p. 156.
Lacordaire (abbé), 5990, 5993.
Lacoste, 1360, 3220, 4689, 4690, 8128, 8130.
Lacoste Joltrois, 3556.
La Coudraye (de), 694.
Lacour (L.), 6120, 6121, 6122, 6496, 6895. I, p. 125, 181, 364; II, p. 129.
Lacretelle, 338, 2150, 4495, 5622, 5996, 7785.
La Crille, 5928.
Lacroix (de), 1746, 7436.
Lacroix (J.), 7020.
Lacroix (L.), 6385.
Lacroix (Petis de), 6986.
Lacroix (P.), 1557, 2976, 3457. I, p. 334, 7013, 7017, 8306; II, p. 45.
La Croix du Maine, 2867.
Lacroix Niré, 244.
Lactance, 5304.
La Curne de Sainte-Palaye, 608, 609, 5729.
Lacurie, 4735.
Ladoire (M.), 857.
Ladoucette, 2486.
Laensbergh (M.), 891.
Laërce (Diogène), 385, 5240.
Lætus (Pomponius), 8365.
La Faille, 5664, 7886.
La Fare, 134.
La Fare Alais (marquis de), II, p. 478.
La Faye (de), 875.

Lafayette (Mme de), 280, 3459, 3934, 4425, 4900, 5293, 5350, 6589, 6847, 7018.
Laffemas (Barth. de), 2929.
La Ferrière Percy (H. de), I, p. 211, 267, 295, 322, no 1617 ; II, p. 130, 213, 381, 478.
La Fizelière (Albert de), I, p. 239 ; II, p. 562, 590.
Lafitau (F. J.), 821.
La Flèche, 4098.
La Fond (Sigaud de), 5329.
La Fons (Cl. de), 2782.
La Fons de Melicoq, 1433.
Lafont d'Aussonne, 4404.
Lafont-Gouzi, 6002.
Lafont-Poulati, 6703.
La Fontaine, 124, 125, 126, 127, 128, 961, 2122, 2670, 2948, 3390, 3604, 3795, 4176, 4584, 5019, 5223, 5254, 6433, 6791, 6985, 7256, 7150, 7580, 7581, 7712.
Lafontenelle de Vaudoré (de), 2791, 4008, 7704.
La Forest, 527, 7223.
La Forest (Pihan de), 1870.
La Forge (A. de), 8189.
Lafosse, 6702.
La Fosse (de), 1752, 6494.
La Fosse (Guyard de), 1628.
La Geneste (de), 8423.
Lagobe, 4378.
La Grange (marquis de), I, p. 335 ; II, p. 242, 381, 478.
Lagrange-Chancel, 2101.
Lagrange de Richebourg, 3381.
La Grave (chev. de), 1444, 3547.
La Guérinière (de), 6696, 6697.
Laguille (le R. P.), 7868, 7869.
La Harpe, 1706, 2042, 2074, 2190, 2699, 4500, 4510, 4591, 5033, 7134.
La Houssaie (Amelot de), 2614.
L'Aigle, 1626.
Laigue (A. de), 5864.
Lainé, 5606, 5607.
Lainez, 4349, 6815.
Lairesse (Gérard de), 4304.
Lajard (F.), 3941.
Lalain (J. de), 5226.
* La lais philosophe, 1767.
La Lande (J. de), 2012, 3303, 6669.
Lalanne (Lud.), 825 *bis*, 5943. I, p. 431.
Lallemant, 3057, 6039.
Lallier (Just.), 6810.
Lallier (L.), 4089.
Lallouette (de), 5335.
La Loubère, 382.
La Luzerne (de), 7787.
La Luzerne-Garaby (de), 5265.
Lama (Jos. de), 7125.
La Madelène (Henry de), 7321.
La Madelaine (Philipon de), 6710.
La Marche (de), 6077, 8124.
La Marre (de), 4120.
Lamartine (A. de), 352, 826, 1279, 2083, 2146, 2247, 2666, 2923, 2938.
La Martinière (de), 509, 4329, 5472.
Lambotte, 3559.
Lamberg, 4616.
Lambert de Belan (Ch.), 4942.
Lambèse, 4120.
Lambiez (J. B.), 3262.
Lambinet (P.), 8065, 8066, 8067.
La Monardaye (de), 5530.
Lamennais (l'abbé de), 359, 2642, 4366, 6236.
La Mettrie, 2134, 4479.
La Monnoye, 182, 183, 2158, 2930, 2947, 3873, 6253, 6541, 8207. I, p. 611 ; II, p. 74, 477, 646.
La Montagne (de), 2930.
La Morlière (Adr. de), 3905.
La Mothe le Vayer, 253, 254, 2117.
La Motte, 3674.
La Motte (de), 7788.
La Motte (comtesse de), 1316, 7348.
Lamotte-Guion (Mme), 6720.
Lamy (Bern.), 6532.
Lamy (le P.), 8210.
Lancelot, 2159, 3148, 3355, 7042, 8383.
Lancelot du Lac, 5824.
Lancelot Turpin de Crissé, 4563.
Lancival (Luce de), 2029.
Lancosme-Breves (le comte Savary de), 6693.
Lancre (P. de), 542.
Landon, 1958, 1959, 4935.
Landrecy, 1077.
Lanfranc, 7181.
Langeac (de), 266.
Langle (de), 7853.
Langlé, 6519.
Langlès, 743, 2546, 3210, 4210, 4305, 7789, 7836, 8068.
Langlet-Dufresnoy, 4593, 4641.
Langlois (H.), 367, 368, 369, 372, 394, 1138, 1139, 1140, 1141. I, p. 363 ; II, p. 589.
Languedoc, 1044, 1079, 1339, 1398, 1620, 1621, 1622, 1822, 1823, 2561.
* Langues, dialectes et patois (livres sur les), 1333 *bis* à 1355, 1573 à 1578 *bis*, 2943 à 2953.
Languet (H.), 7070.
La Noue (de), 138, 5013, 7036.
Lenoy (J. de), 1987.
Lanteaume de Romieu, 110.
Lanthenas, 2058, 5933.
Lantin de Damery, 5912.
Lanzy (abbé), 8259.
Laon, 1824, 2782, 2801, 3895. II, p. 241.
Laorty-Hadji, 827.
La Pérouse, 3397.
La Perrière (de), 890, 912.
Lapeyronie (Gauthier de), 2914, 7327.
Lapierre (Ch.), II, p. 182.

Laplace (A.), 609, 4335, 5872.
Laplace(de), 226, 2431, 6318, 6816, 7383.
La Place (abbé de), 4450.
La Place (P. de), 1530.
La Porte (de), 1007.
La Porte (abbé de), 2894, 2935, 4436, 4635, 6249, 7472, 8302.
La Porte (L. de), 2605.
La Porte du Theil, 1513.
Laprade (V. de), 3612.
La Primaudaye (de), 2810, 7096.
Laquériére (de), n° 369. I, p. 296, 374. II, p. 130.
L'Arche (Eudes de), 4477.
Larcher, 20, 3070, 4467, 7143.
Larchey (L.), I, p. 527.
Larive, 6443.
* Larmes de l'Angleterre (les), 5930.
La Roche, 4169.
La Rochefoucauld (le duc de), 745, 2844, 2845, 3411, 3412, 3934, 4254, 4353, 4834, 4835, 5252, 5444, 6922, 6984, 7226, 7584.
* La Rochefoucauld (le) des dames, 3096.
La Rochefoucault (de), 27, 28, 345, 346, 596,
Larochefoucault-Liancourt (de), 1583, 4872, 4873.
La Roche Guilhem (de), 3477.
La Roche-Guyon, 3183.
La Rochejacquelein (Mme de), 2227, 7585.
La Rochelle, 1080, 1825, 4733, 7879.
La Roque (de), 829, 5178, 5739, 5788, 6630.
La Roquette (de), 3506, 6104.
Larue (le P.), 250, 2085, 2905.
La Rue (C. de), 7174, 8179.
Larue (Pierre de), 3829, 6801.
* Larre de l'âme, 6034.
Larrey (de), 197, 2793, 7563.
Larnac (G.), 2503.
La Sablière (Rambouillet de), 6845.
La Salle (de), 5957, 7850.
La Saussaye (L. de), I, p. 334, nos 803, 2729.
La Sauvagère (de), 1584, 7910.
Lascaris (Const.), 7586.
Las-Casas, 1604, 2015, 3147.
Las-Cases (comte de), 2205, 3208, 3383, 6108.
Laserna Santander (de), 5546, 8308-9.
La Serre (de), 1943, 7219.
La Sicotière (de), 1425, 2762.
La Solaye (de), 7288.
Lasteyrie (F. de), 1002, 1580, 6802, 8260.
Latouche (de), 6333.
La Touche (Chasle de), 4693.
La Touche (Guymond), 7311.
Latour (de), 2452, 2510, 6775.
Latour (S. de), 3097.
La Tour, prince de Sedan (de), 3285.
Latour de Saint-Ybars, 6316.
L'Atteignant (abbé de), 978.
La Tynna (de), 5114.
Laubrière (Briant de), 610, 5764
Laugier (E.), 1465.
Laujon, 147, 6213.
L'Aulnay (de), 6445.
Launier (Ch.), 1722.
Laumont, 7870, 7871.
Launay (de), 6476.
Launay (B. de), 817.
Lauraguais (L. B.), 2359.
Laureau, 6081.
Laurenbergers (J.), 6933.
Laurent (l'abbé E.), 2786.
Laurentie, 2581.
Laurière (Eus. de), 3743, 5843.
Laurus (J. B.), 8433.
Laus de Boissy (de), 6313.
Lauzun (duc de), 2257.
Laval (sieur de), 6648.
Lavallée, 2955.
Lavallée (Jos.), 2054.
Lavallée (Th.), 5075.
Lavalley (G.), 1028, 6788. I, p. 13. II, p. 18.
Lavallière (Mme de), 3101, 4354, 4523, 7030.
Lavardin (J. de), 3275.
Lavater, 6976, 7384.
Laveaux (de), 2155, 8388.
La Vega (Garcillaso de), 3719.
Laveleye (E. de), 2535.
Laverdet (A.), II, p. 241.
Lavergne (L. E. de), 6921.
Lavicomterie (L.), 1162, 6131, 6132, 7064, 7065.
Lavigne (Germond de), 1903, 3794, 4665, 4732, 5009, 5030.
La Villegille (de), 2280, 2602, 5109.
La Villemarqué (Th. de), 2958.
La Virotte, 2735.
Lavize Labé, 2095.
Laya, 1913, 5427.
Layet, 7587.
Lazarille de Tormes, 7793.
Leavenworth, 694.
Le Bailly, 3604.
Le Barbier, 1548.
Le Bas, 7097.
Le Baud (P.), 2756.
Lebeau, 6439, 6945.
Lebeau de Schosne, 5008.
Le Bel, 1504.
Leber, 2428, 3092, 3744, 5634, 6349. I, p. 69.
Lebeuf (l'abbé), 1361, 3108, 4929, 7386, II, p. 353.
Le Beuf (J.), 1587.
Leblanc, 1362, 6299.
Leblanc (Aug.), 7854.
Le Blanc (abbé), 7396.
Le Blanc (Rich.), 4398.

Leblanc (V.), 2569.
Le Blant (Ed), 3939.
Le Blond (L.), 6254.
Lebon (J.), 2114.
Le Bossu, 7022.
Le Bot (Aimable), 7626.
Le Boys des Guays (J. F.), 7110, 7111, 7112.
Lebreton (Th.), 5488. I, p. 13.
Le Brigant, 4052, 4910.
Le Brun, 2197.
Lebrun (le P.), 706, 928.
Lebrun des Charmettes, 1849, 6897, 6898, 6899.
Le Camus, 3108, 6150.
Le Camus de Mézières, 2765.
Le Canu (l'abbé), 2751.
Le Canut, 6067.
Lecauchois, 5368.
Le Chatelain (Jean), I, p. 13.
Le Choyselat (P.), 7024.
Leckzinski (Stanislas), 4840.
Le Clerc (le P.), 4149, 8021.
Leclerc (Séb.), 7049.
Leclerc (V.), 2060, 5266, 7615.
Leclerq de Laprairie, 2772.
Lecluse, 2033.
L'Ecluse (de), 2060, 5180.
Lecomte (Florent), 45.
Leconte Desgraviers, 4311, 7931
Le Cousturier (J.), 6943.
Le Couteulx de Canteleu, II, p. 325, nº 7929.
Le Crom, 925.
Le Dieu, 2346.
Leduc aîné, 5408.
Le Duchat, 3458, 4173, 4878, 6263.
Lefebvre (H.), 2939.
Le Féburc, baron de saint Ildefont, 3166.
Le Fèvre, I, p. 538, nºs 3551, 4722, 6643, 7589, 7794.
Lefevre (E.), II, p. 615.
Le Fèvre Deumier, 8025.
Lefèvre de Villebrune, 1531.
Le Féron, 5874.
Le Frère (Jean), 5230.
Legeay (F.), 7905, 7906, 7907. II, p. 534.
* Légende joyeuse (la), 209.
* Légende des Flamens, Artésiens (la), 3268.
Le Gendre, 611, 612, 2381, 5822, 6074, 7688.
Le Gendre (Ch.), 1566.
Leglay (A.), 4114.
Léglay (Ed.), 2152, 6566, 6924, 7083, 7388, 7689.
Le Gonidec, 1575.
Le Gorlier, 3863.
Legouvé, 1026, 5696, 6298, 7095.
Legrand, 933, 1249, 4935, 6252. I, p. 41.
Legrand d'Aussy, 87, 613, 3787, 4581, 4688, 5635, 5706, 8131, 8132.
Le Gras (Ph.), 4184.
Le Gros (Nic.), 7113.
Leguat (Fr.), 7473.
Le Hericher (Ed.), I, p. 432.
Leitch-Ritchie, 7790.
Le Jay, 7801.
Lekain, 6464.
Le Laboureur, 496, 605, 5777.
Le Long (J.), 2650.
Lemaire, 1014.
Lemaire (Fr.), 1106.
Le Maire (J.), 1042.
Le Maistre (Ant.), 6515.
Le Maistre (Gilles), 6078.
Le Maistre de Sacy, 1288, 5495, 5966, 6709.
Le Mans, 4734, 4736.
Lemau de la Jaisse, 5800.
Le May, 6119.
Lemazurier, 6301.
Le Merchier, 1452.
Lemercier (L. N.), 159, 2292, 3685, 7389.
Lemerer (R. G.), 5274.
Lemery (H.), 4358.
Lemierre, 7311.
Lemnius (H.), 730.
Le Monnier, 698.
Lemontey, 134, 281, 1030, 2708, 3497, 4858, 5710, 5986, 6355.
Le Moyne (P.), 1733, 3179, 3757, 8026.
Lemyère (J.), sieur de Barly, 5300.
Lenclos (Ninon de), 4389.
* Lendemain de noces (un), 5420.
Le Neufbourg, I, p. 583.
Lenfant, 1532.
Lenglet (P.), 6833,
Lenglet-Dufresnoy, 2613, 2698, 5534, 6750, 6918, 8032.
Le Noble, 1695, 2291, 3516, 4525, 5045.
Lenoir (A.), I, p. 334, nºs 2073, 3956, 5099, 5162, 8261.
Le Normand (Mlle), 735, 7593.
Lenormand (L.), 2977.
Lenormant, 1887, 4348, 5373, 6819.
Léonard, 5040.
Léonor, 4499.
Lepage, 4074.
Lepage (H.), 3254.
Le Paige (A.), 7803, 7172.
Leo, Papa, 883.
Lepeintre-Desroches, 4503.
Le Pelletier (J.), 1318, 6184, 7208.
L'Epicié, 8279.
Lepidus, 3755.
Lepinois (de), II, p. 410.
Lepitre, 5431.
Leprieur, 4591.
Le Prevost (A.), II, p. 561.
Leprince, 6470, 8297. I, p. 392.
Lequien, 2036.
Le Quien de la Neufville, 1612, 1612 *bis*, 3163.

Lequinio, 2761.
Lerac (de), 3196.
Le Riche, 2196, 3620.
Leroux, 1871, 7390.
Le Roux (J.), 725, 2853.
Leroux (P. J.), 2077, 4831, 7549.
Le Roux de Lincy, 2457, 2597, 3557, 3558, 3661, 4913, 6383, 6612. I, p. 295, 323, 431.
Le Roville (Guill.), 4049.
Le Roy (Ant.), 1060, 4554, 5522.
Leroy (F.), 4736.
Le Roy (Onés.), 86, 2281, 3288.
Leroy (P.), 1114, 4956.
Lesage, 196, 201, 236, 1342, 3270, 3734, 4249, 4634, 5407, 6983, 7002, 7287, 7391, 8027.
Le Sage (G. L.), 5972.
Le Saige (J.), 830, 6797.
Lescallier, 949.
Lescarbot (Marc), I, p. 69.
Lesconvel, 1601.
Lescot, 2191.
Lescot (N. de), 1702.
Lescure (de), II, p. 561.
Lesfargues, 4845.
Lesné, 2895, 3648.
Lespès (Léo), 4288.
Lespinasse (Mlle de), 354, 2001, 4402.
Lesseps (de), 3498.
Lessius, 6117.
Lestang, sieur de Belestang, (Ant. de), 3894, 7684.
Lesueur, 6519.
L'Estoile (P. de), 2151, 5966.
Leti (G.), 1925, 1727, 4039, 5939, 7208.
Letourneur, 227, 4294, 4497, 6096.
* Lettre à M. Ulysse Capitaine, 3367.
* Lettre à un archéologue, 3624.
* Lettre critique sur les promenades, 4465.
* Lettre de l'auteur des Nouvelles, 3377.
* Lettre de l'autre monde, 6927.
* Lettre de l'honorable Jean Rablu, 6388.
* Lettre d'une muséenne, 4331.
* Lettre d'un habitant de la lune, 2113, 3341.
* Lettre d'un pâtissier, 6948.
* Lettre d'un professeur en théologie, etc. 8195.
* Lettre d'un Turc, 4465.
* Lettres de la glorieuse mère sainte Thérèse, 5258.
* Lettre de l'auteur de l'Anatomie, 3058.
* Lettres de mademoiselle Aïssé, 2931, 7224.
* Lettres d'Héloïse à Abailard, 258.
* Lettres du roy etc., 5084 *bis*, 5085, 7691.
* Lettres et épîtres amoureuses, 3888.
* Lettres infernales, 5343.
* Lettres philosophiques, 862.
* Lettres portugaises, 965, 7399.
* Lettres sur l'empire de Russie, 6712.
* Lettres sur l'origine de la chouannerie, 4099, 7908.
Leudière, 2977.
Leuliette, 2253.
Leupol, 1401.
Leurechon (le P.), 501, 8429.
Leutbrewer (R. P.), 3816.
Levacher de la Feutrie. 5510.
Levavasseur (H.), 5092.
Levayer, 614, 615, 5789.
Lévêque, 1487.
Lévêque de La Ravalière, 1379, 8205.
Levesque, 29, 320, 3191.
Levesque de Pouilly, 1930.
Levol (Florimond), 8055.
Levrier, 3556, 5860.
Le Waitte (D. Ant.), 1603.
Lewis (M. G.), 7293.
Levy (D.), 1711.
Lezaud, 6584.
L'Hospital (Michel de), 6814. II, p. 73.
Liancour (de), 616.
* Liber mirabilis, 4468.
Libert (l'abbé), 375, 6188, 6192.
* Liberté de la presse à Dijon, (de la), 4769.
Libes, 7400.
Libourne, 4101, 4723.
Libri, 3909, 7016.
Lichtenberger (J. Fr.), 939, 8071.
Licquet (Th.), 2496, 5545. I, p. 363.
Liebaut (J.), 929.
Lieble (Ph. L.), 1041.
Liége, 478, 1578 *bis*, 2869.
Liesse (Notre-Dame de), 1073.
Lignac (abbé de), 2998.
Ligne (P. de), 1941, 2276.
Ligny (le P. de), 384.
Lille, 374, 1072, 1399, 1400, 1610, 1625, 2154, 2971, 3229, 4711, 4713 à 4715, 4735, 5364. I, p. 41, 431.
* Lille en vers burlesques, 7310.
Limbourg (Ph. de), 4208.
Limiers, 617, 5750, 6982.
Limojon de Saint-Didier (A.), 919, 920.
Limousin (le), 1044, 1355.
Lingard (J.), 6360, 6837.
Lingay (J.), 2665, 5443.
Lingendes (de), 994, 7163.
Linguet, 969, 2139, 3574, 5042, 7091.
* Linguetiana, 7980.
Linken, 2645.
Lionnière (l'abbé de), 7805.
Lion (Em.), 1947.
Lipse (J.), 2303.
Linschot (H. de), 2659, 7328.
Lireux (Aug.), 5705, 7720.
Liron (Dom), 4427.
Lisieux, 5917, 5918. II, p. 561.
L'Isle (G. de), 8095.
Lisola, 7258.
* Listes des titres de noblesse, 5733.

* Listoire de Lusignan, 4843.
Listre (Gérard), 7793.
* Litholexicon, 5213.
Livet (Ch.), 6580. II, p. 615.
* Livre admirable (le), 512, 3005.
* Livre d'amour, 6785.
* Livre d'heures, 6560.
* Livre d'or des métiers, II, p. 45, 533.
* Livre du roy Modus (le), 4306.
* Livre noir (le), 7590.
Lloydium (Nic.), 7504.
Lobineau (D.), 1109, 1602 *bis*, 4926.
Lockard (G.), 6135.
Locke, 2232, 3114.
Locré (J. G.), 6151.
Lodge (E.), 5857.
Loire (la), 2590, 4140, 4736.
Loire-Inférieure (la), 2788.
Loisel (Ant.), 8034.
Loiseleur-Deslongchamps, 3597.
* Loisirs de madame de Maintenon (les), 4372.
Lolme (de), 377.
Lombard, 2380.
Londel (le P. du), 6174.
Londres, 1201, 6429.
Long (J. D.), 3996.
Longchamp (de), 6769.
Longepierre (de), 2514.
Longin, 3128.
Longuerue (l'abbé de), 7692.
* Longueruana, 7981.
Longus, 76, 1700, 2298, 2940, 4846, 5312, 5315, 7216, 8198.
Lope de Vega, 3734.
Lopez (Rui), 62, 7054.
Loraux, 1552.
Lordelot (B.), 16.
Lorichius (R.), 8007.
Lorraine, 1082, 1083, 1084, 1085, 1088, 1401 à 1403, 1623, 1624, 2577, 2724, 2785, 2797 à 2799, 2957, 3224, 3225, 3252, 3253, 3260, 3556, 4065, 4068, 4070 à 4073, 4075, 4076, 4735, 5378, 6061. I, p. 363.
Loriot, 875.
Lorris (Guill. de), 100, 5912, 7075.
Lotichius (J. P.), 705, 6649.
Lottin de Laval, 1468.
Louandre (Ch.), 6411.
* Lou crebo-couert, 3180.
Louis XIV, 2062, 6753.
Louis XV, 5257.
Louis XVI, 4213, 4501, 5431.
Louis XVIII, 350, 2669, 7440.
Louveau (J.), 792, 3691.
Louyer-Villermay, 2456.
Louyrette, 1856.
Lozerau du Fesc, 6651.
Lubin (R. P.), 5181.
Luc (J. Fr. de), 5916.
Lucain, 3046, 5249, 5280, 5322, 7601, 7807.
Lucanor (L. comte de), 7602.
Lucas (P.), 832, 4456, 5481.
Luchet (marquis de), 877, 1212, 7079.
* Luciade (la), 4977.
Lucien, 1205, 1205 *bis*, 1516.
* Lucina sine concubitu, 4330.
Lucio (G.), 6208.
Lucius de Patras, 3980.
Luçon, 2791.
Lucrèce, 3193, 3199.
Ludlow (Ed.), 2359.
* Ludoviciana, 7982.
Lulle (Raymond), 93, 713.
Luna (Mig. de), 4241.
Lune (de), 3718.
Lurbe (de), 1591.
Lusse (de), 3578.
* Lusus in Venerem, 3846.
* Luxe des Romains, 4774.
Luxembourg (le), 5680.
Luz, 6810.
Luzarches, 6805.
* *Lyon*, 1405, 1826 à 1832, 2568, 2796, 2967, 2968, 3227, 3910, 3915, 4115, 4735, 5386 à 5392, 8347.
Lyonnais (le), 1089, 1833, 1834, 2595.
Lyonnet (l'abbé), 7808.
* Lyre de la raison (la), 4814.

Mabillon (J.), 618, 619, 620, 5723.
Macartney, 4210, 6097.
Macault (l'Esleu), 1199.
Macé de Vaudoré, 5370.
Macer (Æmilius), 35.
Machault, 6354.
Machecoul, I, p. 334.
Macheco (Mme de), 6926.
Machiavel, 58, 1772, 2614, 5321, 7001, 7171.
Matzner (Ed.), 2615.
Maffei (J. P.), 6934.
Maffei (Marq. Scip.), 3354.
Magalon, 2508.
Maginus (Ant.), 886.
* Magistrature en France (de la), 7206.
* Magna charta, 5099.
Magnin, 2423, 3566.
Magnon, 6787.
Magny (vicomte de), I, p. 97, 240. II, p. 354.
Magny (le marquis de), 405 *bis*, 621, 622, 623, 623 *bis*, 5044, 5581 à 5583. II, p. 44.
Magueré, 2445.
Mahomet, 7514, 7824.
Maï (Aug.), 3402.
Maigne d'Arnis, II, p. 101.
Maigret (L.), 7136.
Maillard (Ol.), 191.
Maillard de Chambures (Ch.), 373.
Maillet-Lacoste, 4672.
Maillot, 1682.
Mailly (chev. de), 3693.

Maimbourg (le P.), 5310, 6204, 7604, 7605, 7809.
Maimieux (de), 3874.
Maine (le), 878, 1406, 1627, 1628, 1835, 4099, 7893 et suiv. II, p. 534.
Maine-et-Loire, 2744, 3538, 4097.
Maintenon (Mme de), 1035, 3384.
* Maintenoniana, 7983.
Mainville (arrondissement de Briey), 2566.
Mairan, 695,
Maire, 1643.
Mairet, 774, 3851, 4882.
* Maison rustique, 2628.
* Maistre (le comte J. de), 2814, 6391, 6930.
* Maistre de 36 heures (le), 6412.
Malcrois de la Vigne (Mlle), 3950.
Malfilâtre, 2028, 2304, 3172, 3361, 7606.
Malherbe, 259, 5320.
* Malice des femmes (la), 247.
Malingre (Cl.), 1110.
Malitourne (A.), 6442.
Mallet, 6631, 7268, 7403, 8416.
Mallet du Pan, 2088, 2458, 5622.
Malmontet (de), 2405.
Malo (Ch.), 3336, 5466, 7402.
Malosse (Paulin), 1094.
Malou (J. B.), II, p. 561.
Malpertuis, 5907.
Malpez, 8268.
Malte, 5482.
Manche (la), 2852. I, p. 392.
Maudement, 7404.
Mandet, 2403.
Mandeville, 7756.
Manesse (abbé), 7284.
Manesson-Mallet (Allain), 2980.
Manet, 2743.
Manfredi (Eust.), 4862.
Mangeot, 7938.
Mangin (Jean), 5893.
Mangon de la Lande, I, p. 334, no 4218.
* Manières de vilains (des XIII), 1713.
Manni, 1736.
Mannier (E.), 1076.
Mannory, 932.
Manoury, 6388.
Mansion, 587, 3327, 8263.
Mansuet (le R. P.), 495, 5588.
Mantes, 1407, 1836, 3234.
Mantuanus, 3951.
Manuce (P.), 5834, 7041. I, p. 538.
Manuel (P.), 2065.
* Manuel de la pairie, 627, 5871.
Manuel des oisifs, 2711.
Manuel du bibliophile, 4746.
* Manuel républicain, 4819.
Manuelis Moschopuli, 8199.
* Manuscrit curieux sur l'histoire du jansénisme, 7607.
Manuscrits de l'ancienne abbaye de Saint-Julien, 5007.
* Manuscrit venu de Sainte-Hélène, 6111, 6113.
Manzoni (Al.), 175, 7100.
Maquereau (Robert), 1877.
Marac, 6726.
Marant, 4949.
Marat, 507.
Marcel, 6182, 7810.
Marcel (J. J.), 8012, 8072.
Marcellus, 7405.
Marchal (Ch.), 2031.
Marchand (Prosp.), 797, 3622, 3954, 8061.
Marchangy (de), 5222.
Marchant, 4810.
Marchina, 7406.
Marchety, 7303.
Marcien, 3603.
Marconnat (de), 5502.
Marconville (J. de), 4678.
Maréchal (Sylv.), 1724, 2500, 4798, 4864, 6397, 6457, 7570.
Margerie (A. de), 4856.
Margon (abbé de), 5270.
Margravius, 5520.
Marguenat de Courcelles (Mg de Lambert), 6759.
Marguerite (la reine), 1747, 2278, 3818, 5961, 6122, 6143, 6824, 8013. II, p. 102.
* Maria Stella, ou Echange criminel d'une demoiselle, 3082, 6764.
* Mariage de Mgr le Dauphin, 1909.
Maricourt (René de), 7943.
Marie-Antoinette, 2505.
* Marie de Clèves, drame, 6023.
Marie Stuart, 1678, 2075, 3339, 4499, 6071.
Marigny (de), 256, 2713, 4650.
Marillac (M. de), 1881.
Marin (Louis) dit Cromé, 4676.
Marin, 5067, 6471.
Marincourt (Serpette de), 1043.
Marini (J. B.), 3097.
Mariti (l'abbé), 833.
Marivaux (Martin de), 6780.
Markan, 5978.
Marlès (de), 2108.
Marly, 1118, 5124, 5160.
Marmet (L.), 4407.
Marmier, 1134, 6880.
Marmol (E. del), 3559.
Marmol Carvajal (H. del), 3705.
Marmontel, 214, 279 *bis*, 2702, 3363, 4034, 5479, 6243, 7601, 7608, 8031.
Marnix (J. de), 5462, 5819.
Marnotte, 4735.
Marolles (de), 563, 1090, 2709, 4179, 8197.
Maroncelli, 2452.
Marot (Cl.), 104, 105, 1902, 2004, 2352, 3181, 3289, 3408, 4175, 4641, 5970, 6799, 8417.

Marot (J.), 4175, 4641.
Marot (Mich.), 4175, 4641.
* Marottes à vendre, 187.
Marquis, 2162.
Marsal, département de la Meurthe, 2567.
Marsand (A.), 2133, 5544.
Marseille, 1837, 2733, 2775, 2776, 3914, 5884.
Marsilly (P. Ant. de), 7449.
Marsollier (l'abbé), 557, 741, 4674, 5255, 7051.
Marsy (abbé de), 8237, 8241.
Martainville, 967, 7588.
Martène (D.), 5288.
Martens (baron de), 3331, 3332, 3380.
Martial (Val.), 79, 2715, 2660, 3516, 7407.
Martial d'Auvergne, 103, 2086, 6879, 7074, 7217.
Martigny (comte de), 3782.
Martin, 7693.
Martin (Aimé), 36, 123, 596, 5908, 6986, 7584, 8282.
Martin (Arth.), II, p. 184.
Martin (Barth.), 5505, 6737.
Martin (Bern.), 4602.
Martin (H.), 222, 977, 997, 2976, 4545, 5034, 6913. I, p. 334.
Martin (M. L.), 6984.
Martinet, 3095.
Martiney, 1511.
Martinez, 626.
Martinof (le P.), II, p. 18.
Martins (Ch.), 7366.
Martonne (A. de), 1952, 8318.
Martorell (J.), 4219.
* Martyrologe (le), 769.
Marus (Th.), 7162.
Marvaud, 1358, 5396, 7887, 7888.
Marvesin (l'abbé), 2837.
Mary-Lafon, 1336, 6590. I, p. 335, 363, 499.
Masan (Bertr. Desmarius de), 6949.
Mascaron, 250, 2085, 3045.
Massé (P.), 43, 1874, 8344.
Masseville (de), 1097, 1098, 1420.
Massiac (de), 4356.
Massillon, 10, 250, 1019, 1224, 2085, 5221, 7193.
Massion, 7889.
Massol, 2771.
Matanasius (Chr.), 3670, 4572. *Voy.* aussi saint Hyacinthe.
Mathas, 5779.
Matheron (L.), II, p. 73, n° 381.
Mathieu, 6064.
* Matinées senonoises, 2996.
Maton de la Varenne (A. L.), 3703.
Matthie (D. R.), 6641.
Mattheus, 3214.
Matthieu (P.), 2437.
Matthieu d'Edesse, 549.
Matussière, 8116.
Maucroix, 3021, 6583, 6845.
Mauduit (le P.), 513, 3681, 7812.
Mauléon (Loyseau de), 5441.
Mauléon de Granier, 3818.
Maundrell (H.), 834.
Mauny (le sieur), 3991.
Maupas du Tour (H.), 4860.
* Maupeouana, 7984.
Maupertuis (de), 2700, 4202, 7609, 8163.
Maupoint (abbé), 7833.
Maurepas, 6248.
Maurial, 2632.
Maurice (île), 7473.
Maurice (Ch.), II, p. 129.
Maurin (A.), 3012.
Maury (A.), 3278.
Maury (J. M.), 2417.
Maury (D. J. Maria), 3392, 3740.
Mauvillon, 4826, 5004.
* Maximes de guerre de Napoléon, 1012.
* Maximes des princes, 3984, 7180.
May (A. de), 5333.
May (Louis du), 6657.
Mayence, 2976.
Mayenne (L. de), 2468.
Mayer (de), 4020, 6140.
Mayerne-Turquet (Louys de), 8374.
Mazade d'Avèze, 3915.
Mazaret, 7960.
Mazarin (cardinal), 6247.
* Mazarinades, 8439 à 8463.
Mazas (A.), 2648.
Mazens, 7811.
Mazois, 2828.
Mazuy, 3563.
Meadows, 6017.
Meaume, 8264.
Meaux, I, p. 538.
* Médailles des règnes de Louis XIII, etc., 3041.
* Médailles sur les principaux événements, 3014.
Médoc, 8146.
Meerman, 5562, 8073. I, p. 330.
Mehegan (Ch. de), 1906.
Mehié, 1501.
Meibomius (J. H.), 5186, 7610.
Meillan, représentant du peuple, 3206.
Meiners, 8190.
Meissner, 2408.
Mela (Pomponius), 8435.
Melanchton (Ph.), 1167.
* Mélanges de littérature et d'histoire, 6599, 6821. I, p. 154, 180.
* Mélanges gais, intéressants, 6365.
Melfi (Fr. S.), 7305.
Meli (Giov.), 176, 7056.
Meliadus de Leonnoys, 5821.
Meliton, 5926.
Melleville, I, p. 538, nos 1815, 1835.
Mellin de Saint-Gelais, 8362.

Mellinet (C.), 2576, 6689.
Mello, 5593.
Melo (M. de), 3710.
Melun, 1409, 4728.
Melvil, 2836.
Mely-Janin, 3284.
* Mémoire à la convention, 2369.
* Mémoire explicatif sur la sphère, 3811.
* Mémoire historique pour l'ordre, etc., 5621.
* Mémoire historique sur B. J. Labre, 4683.
* Mémoire sur l'Université, 3775.
* Mémoires chronologiques, 1390.
* Mémoires curieux envoyez de Madrid, 2188.
* Mémoires de la Bastille, 5938.
* Mémoires de l'Académie des colporteurs, 3490.
* Mémoires de l'Académie des sciences, 1405.
* Mémoires de la reine Marguerite (les), 595, 7090.
* Mémoires du baron de Trenck, 4995.
* Mémoires d'un détenu, 1265.
* Mémoires d'un sot, 1263.
* Mémoires et documents, 6925.
* Mémoires historiques, 7815.
* Mémoires histor. et politiques, 788.
* Mémoires historiques sur les Templiers, 628.
* Mémoires pour servir à l'histoire de France, 4915.
* Mémoires secrets, 6399.
* Mémoires secrets pour servir, 6052.
* Mémoires sur la cour de Louis XIV et de la régence, 7270.
* Mémoires sur la Pucelle, 6902.
* Mémoires sur les laines, 1434.
* Mémoires tirés des papiers, 3382.
* Mémorial religieux, 4747.
Ménage, 113, 2516, 3844, 4324, 7505, 8164.
* Ménagiana, 7985, 7986.
* Ménagier de Paris (le), 6822.
Ménandre, 29.
Ménard, 2580, 2738, 2768, 3183, 3267, 7895.
Ménard-Saint-Just, 2163.
Mendez (Th. A.), 4337, 5813.
Mendoce (J. Gonzalès de), 2605.
Menegau, 8310.
Ménestrier, 631, 632, 633, 634, 635, 2079, 2080, 2430, 2525, 3445, 4135, 5392, 5614, 5790, 5796, 6156, 6573, 7612.
Ménestrier (J. B. le), 1985.
Menekenius (B.), 791.
Mengin, 1314.
Menières (le président de), 7173.
Menin, 636.
Mennechet, 5819, 6197.
Mental, 4842.
Menuret de Chambaud, 4907.
Menut de Saint-Mesmin, 703.
Menzel (Wolfgang), 3502.
Méon (D.), 2149, 3684, 3922, 6500, 7075.
* Mer des histoires (la), 2285, 7102.
Mercana (M.), 707.
Mérard de Saint-Just, 1561, 3857, 8182.
Mercier, 746, 746 *bis*, 1773, 3504, 3798, 4496, 4943, 6288, 6308, 6448, 6453, 7817.
Mercier de Compiègne, 3702, 3855.
Mercier de Saint-Léger, 2050, 2452, 3846.
Merget, 2507.
Méridey (le P.), 3255.
Mérimée (J. F. L.), 2140.
Mérimée (P.), 4119, 5193, 6339, 6341, 7694.
Merle (J. T.), 4432.
Merlet (L.), II, p. 46, n° 158.
Mermet, 3245, 4079.
Mérola (H.), 7410.
Mérovir, prince des Suèves, 4517, 7153, 8190.
Mervant (P.), 7888.
Méry, 164, 2552, 2784, 4480, 4830.
Méry (C. de), 6212.
Méry (Louis), 2777.
Méry sur Seine (Huon de), 6354.
Mesenguy, 1671.
Meslin, 629, 629 *bis*, 5725.
Mesnil (Marie du), 2731.
Mesnil-Basire, 8419.
Mésopotamie, 3958.
Messageot, 7411.
* Messager des sciences historiques (le), I, p. 404.
* Messe des sans-culottes, 3431.
* Mes soirées, 7818.
Metastase, 174, 5709, 6493.
* Métroxylotechnie (la), 5684.
Mestscherski (le prince Elim), 2704.
Metz, I, p. 13, 334, n°s 1088, 1091, 1350 à 1351 *bis*, 1410, 1411, 1629, 2565, 3897, 4067, 4069, 4077, 4122, 6200, 6857. II, p. 156, 157.
Metz (Guillebert de), 4913.
Meulan (Paul de), 2225.
Meung (J. de), 100, 5912, 7075, 8204.
Meunier (J.), 3376.
Meunier de Querlon, 3561, 8241.
Meursius, 1729.
Meurthe, 3254.
Mexique (le), 7535.
Meyer, 3618.
Meyer (Mme), 1155.
Meyer (G. L.), 4944.
Mézeray (E. de), 3002, 3485, 3496, 5064, 5926, 6205, 6982.
Mézières, I, p. 334.
Micali, 4303, 7614.

Micault (Dom. L.), 2588, 7819.
Michaelis, 2904.
Michaud, 3959, 4875, 6210.
Michault (P.), 101, 3514, 6900, 7578.
Michel, 1342.
Michel (Francisque), 90, 91, 93, 222, 376, 1236, 1845, 2597, 2957, 3103, 3557, 5971, 6432, 6592, 7480, 7484 à 7486, 7490, 7491, 7493, 7797, 8187, 8215. I, p. 296, 391; II, p. 45, 156, 213.
Michelant (H.), I, p. 125.
Michelet, 2194, 4662, 6915.
Michieli (Pietro), 6623.
Michon (J. H.), II, p. 129, n° 7890.
Miel, 50, 639, 2027, 4736, 5162, 5629.
Mielle (J. B.), 2983.
Miette (l'abbé), 1842.
Mieville (A.), 7124.
Miger, 2662, 3172.
Mignard, 2947, 6853.
Migne (abbé), 5028.
Mignet, 389, 1464, 2037.
Milet-Mureau, 3397.
Millanges (S.), 2753.
Millar, 5191.
Mille, 1791.
Miller (E.), 2877, 2985, 3602.
Millet (D. Germ.), 937.
Millet (J.), 5652.
Milleville (H. de), 411, 411 *bis*, 6153.
Millevoye, 3676, 3700, 6724.
Millin, 1705, 2654.
Millot (J. A.), 295, 2231, 2978, 3170, 3813, 4409, 5953, 6115.
Milton, 177, 3641, 7199, 7412, 7820.
Mimaut, 2539.
Mimeure (marquis de), 2564.
Minucci (Paolo), 6937.
Minucius Félix, 3885.
Mionnet (T. E.), II, p. 16 et 17, 184.
Mirabeau, 1275, 1751, 2120, 4242, 4481, 5969, 6519, 8200.
Mirabeau l'aîné, 1320.
Miræus (Aub.), 640, 5804.
Miraflores, 5229.
Miramond (de), 266.
Miraulmont (P. de), 1730, 5768.
Mirecourt (E. de), 1401, 6277, 8201.
* Miroir des femmes (le), 3387.
* Miroir des modes, 5925.
* Miroir des princes (le), 2314.
* Misères de ce monde (les), 2320, 3701.
* Misère des garçons boulangers (la), 5062.
Mislin (l'abbé), 835, 836.
* Missionnaires (les), 1036.
Missolonghi, 3291.
* Mittheilungen aus dem gebiete, 3777.
Mitscherlich (Guil.), 6356.
* Mitistoire-Baragouyne, 6951.
Mitraud (l'abbé), 7821.
Modène (Léon de), 2099 *bis*.
Moët (J. P.), 3526.
Moët de la Forte-Maison, II, p. 618.
Moine d'Orgival (le), 6999.
Moissy, 6312.
Moke, 53.
Molé, 31, 6774.
Molière, 122, 297, 2348, 3334, 4887, 5032, 6008, 6570.
Molière (Henriette-Sylvie de), 3038.
* Molierana, 7987.
Molinet (Jean), 5226.
Molinæus, 3928.
Mollevaut (C. L.), 6790.
Momoro (A. F.), 5560.
* Monacologie, 6576.
Monardis (H.), 732.
Moncada (Fr. de), 3734.
Monchablon (E. J.), 5456.
Moncrif, 953.
Moneti (Fr.), 3109.
Monfalcon (J. B.), 4115.
Mongaillard, 2043.
Mongez, 5945, 5946.
Monglave (E. de), 4503.
Monin, 770, 1690, 3103, 6366.
Monmerqué (de), 300, 2219, 2831, 3099, 4223, 5188, 5818. I, p. 403; II, p. 102; 597.
Monmerqué (Mme), 7822.
Monnet, 3561.
* Mon petit portefeuille, 4264.
* Mon radotage, 7823.
Mons, 4163, 5361.
Monselet (Ch.), I, p. 211, 471; II, p. 185.
Monstrelet (E. de), 3918, 5226.
* Monstres generalles, 641.
Mont (Paul du), 2353.
Montaiglon (A. de), 3774, 5161, 8265. I, p. 611; II, p. 617.
Montaigne, 24, 4642, 6594, 7194, 7615.
Montalon, 4465.
Mont-Beauvray (le), 4735.
Montbrun (marquis de), 3119.
Montcrif (Paradis de), 7331.
Montecuculli, 4563.
Montegut (Dom. L.), 7617.
Montegut (Em.), I, p. 444.
Monteil (A.), 1793, 1818, 3752, 8311.
Montemayor (J. de), 3733, 7252 *bis*.
Montémont (Albert), 1245.
Montengon (D. Pedro), 3711.
Montesquieu, 144, 264, 279, 327, 2008, 4257, 3470, 4973, 6018, 6551, 6923, 6987, 7045, 7413.
Montesquiou (Anat. de), 3470.
Montfaucon de Rogles (de), 6680, 6681.
Montfleury, 6479.
Montfleury (MM. de), 982.
Montfort (L. de), 5679.
Montgaillard (l'abbé), 305, 3389, 3766, 7414.
Montgaillard (Rocques de), 4492.
Montgomery (D. J.), 3730.
Monthion (de), 5627.

Mont Hulin, 8114.
Montignot, 5609.
Montigny, 4272.
Montjoye, 4800, 5431.
Montlinot (L. de), 1399.
Montlosier, 2489, 8133.
Montluc (Bl. de), 3918.
Montluc, comte de Cramail, 192.
Montmorency, 1412, 5373.
Montmorillon, I, p. 334.
Montpellier, 1413, 1414, 1415, 2736, 4124. I, p. 432.
Montpensier (Ant. Phil. d'Orléans, duc de), 557.
Montpensier (Mlle de), 963, 4376.
Montreuil, 8114.
Montreuil (de), 114.
Mont-Rond (de), 2773.
Mont Saint-Michel, 2743, I, p. 432.
Monts d'Or, 8115, 8117, 8136.
* Monument de la présence des Français, 4333.
* Monument de la Pucelle, 6911.
* Monuments religieux des Volces, 3219.
Moore (Th.), 3588.
Morabin, 5977, 7168.
* Morale de Jésus-Christ, 3421.
* Moralité de la vendition de Joseph, 96.
* Moralité de Mundus, 95.
Morand (S. J.), 1637.
Morande (Theveneau de), 5278.
Moratin, 3726.
Moreau, 297, 298, 308, 310, 311 *bis*, 1602, 4492, 6459, 7344.
Moreau (Hégésippe), 3667.
Moreau (Ph.), 5578, 8037.
Moreau (Séb.), 5290.
Moreau de Brassey (J. N.), 3849.
Moreau de la Meltière, 3276.
Moreau de Mautour, 1208.
Moreau de Saint-Méry, 2433, 4883.
Moreau de Villefranche (Séb.), 7428.
Morel (A.), 4123.
Morel (L.), 3900.
Morel fils, 4503.
Morel de Rubempré, 3517.
Morel-Vindé, I, p. 330, n°s 4295, 4980.
Morellet, 267, 1284, 2036, 2198, 2708, 7175, 7415, 7436.
Morenas, 6771.
Moréri, 1973, 5400, 6942, 7506.
Moret (P.), 2425.
Moreto, 3734.
Morgan (lady), 386, 8266.
Morice (Em.), 5490.
Morin, 911, 2545, 3625.
Morison, 837.
Mornay (Ph. de), 3644.
* Mort de Louis XVI (la), 3853.
* Mort d'un vertueux jeune homme de Lorraine, 5381.
Mortemart (duc de), 4110.
Mortemart de Boisse (baron), 4104.
Morus (Th.), 3188.
Morvan, 4110.
Morry (Cl.), 4327.
Moschus, 7410.
Moscou, 2663, 3154.
Moscovie, 6872, 6873.
Moselle, 3096.
Moskowa (prince de la), 2977.
Mossé, 2025.
* Mot pontife (du), 4775.
Motteley, I, p. 330.
Motteville (de), 4243.
Mouhy (de), 3107, 3347, 4851, 4996, 6467.
Moulières (de), 2933.
Moulinet (N. de), 4164, 4622, 5952.
Moult (Th. J.), 5531.
Mourain de Sourdeval, I, p. 334; II, p. 410.
Mourgues (le P.), 1289.
Mourier (A.), 7294.
Mourin (E.), 2626, 2864.
Moussy (A. de), 1718.
Mouton-Fontenelle, 7285.
Moutonnet-Clairfons, 1207.
Moyria (Gab.), 2745.
Mullot, 4282.
Muntaner (Ramon), 5226.
Murat (comtesse de), 5960.
Muret (Ant.), 106, 2425, 2522, 6577, 7315, 7619.
Murray, 4597, 4598, 7778.
Murville (de), 2409.
* Muse française (la), 2045.
Musée, 2409.
* Musée (le), 6199.
* Musée des familles, 400.
Muselli, 1876.
* Muses françaises (les), 4258.
* Musique (la), 1499.
* Musique considérée en elle (de), 4345.
Musset (P. de), 222.
Musset-Pathay, 287.
Musson (l'abbé), 4540.
* Mystère de monseigneur saint Pierre et saint Paul, 5650.
* Mystère de saint Crespin (le), 94.
* Mystère des bardes (le), 6799.

Naberat (F. A. de), 5873.
Nacquart, 2021.
Nadal (abbé), 1757, 2523.
Naigeon (J. A.), 5920.
* Naissance de l'Antechrist (la), 5209.
Nakoula el Turk, 5998.
Nalèche (L. Bandy de), II, p. 73.
Namur, 2869.
Namur (M.), 5540.
Nancy, 1416, 2798, 2800, 2975, 3901, 4074. I, p. 335.
Nantes, 1093, 2576, 2788, 4694 à 4696, 5370, 5379. II, p. 505, 561.
Naples, 2983.

Napoléon, 1328, 1329, 1330, 1331, 1332, 3892, 7620.
Naquet (G.), 167.
Nardini (Famiano), 7184.
Nassau, 642.
* Natation (ouvrages sur la), II, nos 6267 à 6271 *bis*.
Nau (le P.), 858.
Naudé (Gabr.), 593, 1430, 3024, 3450, 6657, 7072.
Naudet, 551, 787, 789, 6129, 7185 à 7187, 8470.
Nauton (Rob.), 7208.
Navarre-Champagne (Agnès de), 6354, I, p. 392.
Navarrete (D. de), 3078, 3506.
Necker, 781, 1258.
Necker (Mme), 2458.
Necker de Saussure (Mme), 4405.
Née de la Rochelle, 1631, 8074.
Néel, 1900.
Neergaard (Br.), 1718.
Nemeitz (J. Chr.), 2207.
Nemours (duchesse de), 3360, 7281.
Nepos (Corn.), 3203.
Nérac, 1417, 2560.
Néri (Ant.), 4619.
Néris, 4704.
Nerval (G. de), 3562.
Nestor (J.), 497, 5883.
Nettement, 2156, 7468.
Neucastle (G. de), 6687.
Neufchâteau (Fr. de), 196, 6420.
Neufville, sieur de Villeroy (N. de), 4360.
Neveu (A.), 1577.
Neuvy-Pailloux, 4117.
Nibby (A.), 552, 7184.
Nibry, 8267.
Nicaise (Aug.), 6809. II, p. 269.
Nicetas, 2657.
Nicolaï, 6219.
Nicolas (Alfr.), 4004.
Nicolas (Aug.), 2932.
Nicolas (Mich.), 5940.
Nicole, 23, 3516, 3763, 3818, 8414.
Nicolle (Amable), 3492.
Niederbronne, 5380, 7656.
Niel, 3195.
Niello-Sargy, 6126.
Nieuport, 2379.
Nîmes, 1094, 1838 à 1840, 2580, 2768, 2769, 3267, 3556.
Nioche, 2102.
Ninon de Lenclos, 1035.
Niquevert (A.), 5412.
Nisard (Ch.), 2422, 4896, 7189, 8202.
Nisard (D.), 1840.
Nisart (de), 2261.
Nitona Franka, 4564.
Nivernais, 1631, 2571, 8124.
Noailles (le card. de), 7048.
Noailles (le duc de), 590.
* Nobiliaire des Pays-Bas, 1597.
* Nobiliana, 7988, 7989.
* Noblesse, chevalerie, blason, etc. (livres de), 401 à 499, 597 à 694.
Nobleville (A. de), 2368.
Nodé (P.), 42.
Nodier (Ch.), 67, 68, 71, 217, 219, 222, 293, 296, 351, 391, 1282, 1980, 2214, 2276, 2608, 2662, 2866, 2984, 3067, 3084, 3282, 3373, 3374, 3457, 3497, 3562, 3585, 3615, 3848, 4584, 4878, 5030, 5234, 5246, 5289, 5318, 5493, 5919, 6603, 7156, 7375, 7621, 7978, 8313 à 8317, 8326.
Noël, 1085, 4367, 4483.
Noël de Nancy, I, p. 331.
* Noëls berrichons, I, p. 583.
* Noëls bressans (les), 1344.
Nogaret, 3131, 7025.
Nogent le Rotrou, 1419.
Noissod, 4503.
Nolin, 8097.
Nolivas de Saint-Cyr, 3580.
Nollet (l'abbé), 900, 902.
Nonotte (l'abbé), 4253.
Norden, 743.
Nore (A. de), 1571.
Norge le Pont, 2961.
Norgiat (M. A.), 7600.
Normandie, 1044, 1096, 1097, 1098, 1099, 1100, 1101, 1102, 1103, 1104, 1105, 1353, 1354, 1420, 1422, 1630, 1662, 1841 à 1844, 2597, 2731, 2931, 2960, 3373, 3557, 3558, 6606. I, p. 13, 363, 392, 611; II, p. 156, 241, 505, 589.
Norvins, 1277, 5228.
Nostradamus, 2805, 5243, 5497, 7417.
* Notes d'un voyage, 4383.
* Notice de tableaux, 2432.
* Notice des monuments publics, 5143.
* Notice des travaux bibliographiques de J. M. Quérard, 8346.
* Notice historique et critique sur la sainte couronne, 2860.
* Notice historique sur la vie, 3112.
* Notice historique sur les douze statues, etc., 5162.
* Notice sur deux manuscrits, 4005.
* Notice sur le palais, 4285.
* Notice sur les anciens livres, 6410.
* Notice sur les manuscrits autographes de Champollion le jeune, 8348.
* Notice sur l'hôtel de Cluny, 5127.
* Notice sur quelques pierres tumulaires, 4751.
* Notices biographiques, 1511.
Nouan, 8345.
Nougarède de Fayet, 3032.
Nougaret, 2384, 4491, 5699.
Nourisson (Alf.), 6772.
Nourrisson (F.), 1484, 4670.
* Nouveau dictionnaire d'amour, 2817.
* Nouveau Juvénal (le), 3056.

* Nouveau recueil contenant la vie, 263, 8420.
* Nouveau recueil des plus beaux airs, 1520.
* Nouveau Testament, 1529, 4521.
* Nouveau théâtre de la Foire, 945.
* Nouveau traité de la culture, 2349, 7254.
* Nouveau traité des œillets, 6736.
* Nouveau voyage d'Italie, 6430, 8269.
* Nouveaux détails historiques sur le siége de Dijon, 4771, 4772.
* Nouveaux mémoires, 6659.
* Nouveaux mémoires de l'Académie de Bruxelles, 3559.
* Nouveaux mémoires secrets, 2541,
* Nouvel examen du préjugé, 3058.
* Nouvelle bibliothèque de société, 4162.
* Nouvelles des missions orientales, 7418.
* Nouvelles recherches sur la France, 7695.
* Nouvelles satires, 3054.
Noverre (J. G.), 6451, 7419.
Noyon, II, p. 618.
Nubie,, 743, 5704.
Nuisement (le sieur de), 515.

Obicius (H.), 711.
Obsequens (Julius), 34, 2515.
* Observations sur la source de Saint-Alyre, 8122.
* Observations sur les ombres colorées, 5286.
* Observations sur un ouvrage attribué à M. de Vellière, 7825.
Ochoa (E. de), 3734.
Octavie, 4262.
* Ode à la M..., etc., 4031.
Odolant-Desnos, 2748.
* Odes funambulesques, I, p. 125, 153.
Odinus (Fr.), 1061.
O'donnelly, 6361.
Odry, 4480.
* Odryana, 7990.
Oduaga-Zolarde, 4535.
OElian, 548, 7324.
Oexmelin (A.), 3893.
* Office de la semaine sainte, 2, 3, 4, 5, 6, 4359, 4970, 5301.
* Office de saint Jacques le Majeur, 5146.
* Office de saint Louis, 4970, 4975.
* Office propre de saint Charles Borromée, 5145.
* Offices propres de Saint-Jean en Grève, 5148.
* Offices propres de Saint Nicolas, 5147.
Ogée, 1053.
O'Gilvy, II, p. 129.
Oise, 1074, 2914. I, p. 431.
Olafsen, 2914.
Old Nick, 7196.
Olearius (Adam), 6872, 6873.
Olina, 4309.
Olivarius (J.), 2208.
Olivet (d'), 560, 2100, 2209, 2210, 3159, 4452, 6546, 8436.
Olivier (Jacques), 240, 2102, 2106, 3359, 8360.
Ollivier-Jules, 1343, 1389.
O'Méara, 2898.
Ongois (J. d'), 5625.
* Operetta, etc., 6624.
Opie (Mme), 7073.
Oppert (J.), 4235.
* Oracle de Charenton (l'), 5081.
* Oracle des anciens fidèles (l'), 4228.
Orbessan (marquis d'), 1230.
* Ordène de chevalerie (l'), 108, 109.
Orderic Vital, 3558.
* Ordonnance de Léopold Ier, 1402.
* Ordonnance du roy, 4951.
* Ordonnances des rois de France, 1843, 1937.
* Ordonnances du roy Louis XIII, 5781.
* Ordre de chevalerie (l'), 5826, 8357.
* Ordre du Saint-Esprit, 5724, 5847.
* Ordre et police, 4952.
* Ordres de chevalerie (abrégé historique des), 5616.
* Ordres religieux, 5713.
* Ordres royaux, militaires, 646, 5726.
Orange, 1426, 1427, 3138.
* Origine de la semaine, 4752, 4753.
Orléanais, 2694, 6710. I, p. 431. II, p. 182.
Orléans, I, p. 334, 538, nos 1106, 1632 à 1635, 1847 à 1849, 2581, 2976, 3556.
Orléans (Louis Phil. Joseph d'), 1489, 3986, 5442.
Orloff (L. comte), 7696.
Ormoy (Mlle d'), 5026.
Orne (l'), 2748, 2762, 2852.
Orrit (E.), 2414.
Orsini de Ponzana (César), 5073.
* Orus Apollo de Ægypta, 7421.
Ortolan, 7826.
Ortolani, 1718, 6367.
Osmont (J. B.), 5563, 8075.
Ossude, 8270.
Oswald (John), 7092.
Oudegherst (P. d'), 3263.
Oudiette (Ch.), 1122, 5151.
Oudin (J.), 6608.
Oudinot (général), 5612.
Ouin-Lacroix, 5140.
Ourliac, 4984, 5010, 5011, 6282.
Ourry, 2200.
Oursel (J.), 1863.
Ouvaroff (le comte), 5038, 7827.
* Ouvrages rares imprimés en gothique, II, nos 5648 à 5653, 5821 à 5842, 5893 à 5901, 6030 à 6040, 8356 à 8359.

Ovide, 994, 1202, 1911, 2129, 2721, 4179, 4180, 4340, 4485, 5340, 6040, 6375, 7163, 7165, 7329.

Paciaudi, 4339.
Paganel (Cam.), 1027.
Pagès (Garnier), 2345.
Pagès (P.), 2419, 2517.
Pagnon (A.), I, p. 335.
Pahle (J. C.), 7393.
Paignon (J. B.), 2640.
Paignon-Disjonval, I, p. 330.
Paillet (F. H.), I, p. 538, nº 5070.
Paillet de Warcy, 4487.
Paillot de Montabert, 6455.
Paine (Th.), 2058, 6364.
* Pairs de France (les), 5646.
Pajon de Moncets, 647.
* Palais de Scaurus (le), 2236.
Palaprat, 2600, 6483.
Palassou, 2473, 2481, 2482, 2483.
Pale (C.), 2783.
Palestine (la), 811, 818, 827, 829, 831, 832, 833, 838, 840, 844, 3958.
Palingène (M.), 84.
Palissot (Ch.), 267, 2446, 4660.
Palissot de Montenoy, 7311.
Palissy (Bernard), 1669.
Pallas, 800, 7327.
Palma-Cayet, 3016, 3918.
Palmezeaux, 2215, 2267, 3697, 6322, 6328.
Palliot (P.), 5576, 5613.
Palsgrave (J.), 2597.
Paludanus (H.), 2659, 7328.
Panage, 7595.
Panage Toussaint, 5182.
Panard, 935, 2343.
Panckouke (J.), 238, 323, 2146, 6041.
* Pandectæ Justinianæ, 3929.
* Panégyrique de Jeanne-d'Arc, 6903.
Pannier (V.), I, p. 335.
* Panorama de Jérusalem (le), 839.
* Papesse Jeanne (la), 992.
Papillon (l'abbé), 1062.
Papillon (J. M.), 2502, 4515.
Papillon de la Ferté, 8246.
Papon, 1853.
Paquot (abbé), 4138, 4455.
Paradin (Cl.), 5620.
Paradin de Cuyseaulx (G.), 2796.
Paradis de Raymondis, 2297.
* Parallèle (le) de Philippe II, 3125.
* Parallèle des trois principaux poètes, etc., 5000.
Parant (C.), 4466.
Pardoux du Prat, 643.
Pardiac (J. B.), II, p. 449.
Pardiés, 7283.
Parelle (M.), 7527.
Parent-Duchâtelet, 5072.
Parfait (Noel), 1424.
Paris, I, p. 336, 536, nᵒˢ 301, 363, 364, 746, 761, 775, 941, 1108 à 1118, 1120 à 1124, 1203, 1428 à 1431, 1554, 1555, 1636 à 1646, 3222, 3223, 3271, 3272, 3491, 3557, 4111, 4204. II, p. 129, 326, 353, 477, nᵒˢ 4503, 4937, 4901 à 4971, 5079 à 5155, 5159, 5161, 5162, 5876, 6112, 6525, 6545, 6572, 8124, 8188.
Paris (H.), 4735.
Paris (Paulin), 2167, 2429, 2544, 3077, 5328, 7234, 7325, 7401.
Paris (L.), I, p. 392, nᵒˢ 3431, 3549, 3958, 4707, 5377, 6583, 6597, 6807, 8298.
Paris (Godefroy de), 5226.
* Parisiana, 7991.
* Paris-Londres, keepsake, 4012.
* Paris, ou le Livre des cent et un, 1761, 6436.
* Paris en vers burlesques, 5088.
Paris (J. P. A.), 4900, 7018.
Parisot (J. T.), 7395.
Parival (J. de), 7246.
Parker (H. J.), 2373.
Parny, 155, 3200, 3439, 3499, 6625, 7625.
* Parodies du théâtre italien, 955.
Parraud, 6091.
* Parrhasiana, 7992.
Parthenius de Nicée, 2683.
Pascal (Bl.), 25, 26, 1758, 4629, 5904, 6836, 6984, 7205, 7616, 7627.
Pascal (abbé), 5119, 5126, 5136, 7108.
Pascasius Justus, 4182.
Pascetti (Orland), 4823.
* Pas d'armes de la Bergère (le), 1459.
Pasquier, 1643, 2116, 3781, 4470, 4850, 5838, 7141.
* Passe-partout (le), 4576.
Passerat (J.), 2334, 4042, 6121, 6719, 7333.
* Passe-temps agréable (le), 7856.
* Passion de 1790 (la), 5279.
Passumot, 7698.
Pasta, 3173.
Pastoret (de), 1237, 1745, 5029, 6009, 6829.
Patanino (Ant. Bazio), 1534.
* Patenostre des verrollés (la), 6958.
* Pathelin (la farce de maistre Pierre), 4573.
Patin (Ch.), 4897, 5202, 7422.
Patin (Gui), 1309, 2060, 2063, 2637, 4565.
* Patrie (de la), 3137.
Patris Dubreuil (L. M.), 4708, 7369.
Patru, 1206, 2620.
Patte, 6454.
Pau, 2473, 2476, 2792, 4089, 8144.
Paul, 2859.
Paul (Cléobule), 1174, 1347.
Paule (Fr.), baron de Lisola, 6973.
Paul Emile, 3035.
Paulet, 696, 2976.

Paulmy (Mis de), 793.
Pautet (J.), 2575, 5774.
Pauthier, 6604.
Pauw (J. C. de), 7333, 7423.
Pavillon, 4624.
Payen, 7195.
* Paysan et le gentilhomme (le), 7062.
Pays-Bas, 494 *bis*, 1393, 4138, 4455.
Pazzis (Max.), 2759.
Pechlini (F. N.), 528.
Pecquet, 1738, 4586.
Peerlkamp (Hofman), 8305.
Peigné Delacourt, I, p. 444; II, p. 73, 353, n° 7925.
Pegurier (Laurent), 571.
Peignot (Gab.), I, p. 330, n°s 1595, 2611, 4737 à 4784, 8166.
* Pèlerin véritable (le), 840.
Pelet (baron), 3576.
Pelicot, 5258.
Pellegrin, 1518.
Pelleport (Th.), 5443.
Pelletan, 6102.
Pelletier (L.), 976, 976 *bis*, 1671, 5565, 8076 *bis*, 8077 *ter*.
Pelletier saint Julien, 773, 4283.
Pelletier Volmérange, 7591.
Pellico (Silv.), 6275.
Pellisson, 2209, 3061, 4452, 7441; II, p. 615.
Pelloutier (S.), 4053, 7699.
Penicker (L.), 2688, 7222.
* Pensées sur les femmes, 7424.
Perceval le Galloys, 5894.
Percier, 3693.
Perche (le), 1647, 6710.
Percheron (A.), 5077, 8319.
Perdulcis (H.), 5504.
Péréfixe (H. de), 3441.
Pérémé (Ar.), 3548.
Peret (Lauze de), 5282, 5283.
Pergant, I, p. 538.
Péricaud, 1826, 1827, 1828, 2967, 2978.
Périès (J.), 2666, 5452.
Pérignon, 392.
Périgord (le), 1648, 1849, 2963, 2973, 3916.
Périgueux, 3917, 4107.
Perin (R.), 5347.
Perlet (A.), 6458.
Pernety, 4474, 7423.
Péronne, 1432.
Perrault (Cl.), 2513, 4412, 6820, 7551.
Perreau (J. A.), 3167.
Perrin (M.), 5955, 7286.
Perrin (O.), 1371.
Perrin (P.), 2697.
Perrin de Precy, 7928.
Perron (du), 7163.
* Perroniana, 7993.
Perrot d'Ablancourt, 5701.
Pessey, 5275.
Petau (le P. Denis), 1775, 8406.
Perse, 78, 581, 2316, 3516.
Perse (la), 4305, 4426, 4861, 6093, 6872, 6873, 6890.
Petis de la Croix, 7343.
Petit, 3243.
Petit (A.), 2412.
Petit (P.), 1924.
Petit (V.), 1435, 7425.
* Petit almanach, 6672.
* Petit dialogue entre deux, 4331.
* Petit dictionnaire des poëtes, 5666.
* Petit discours ou commentaire, 2888.
* Petit recueil de poésies, acrostiches, 2936.
* Petit recueil de poésies choisies, 2714.
* Petit vocabulaire des mots, 1334.
* Petite Lutèce (la), 1112.
* Petits soupers (les), etc., 6335.
Petit-Didier (Mat.), 4972.
Petitot, II, p. 597.
Petit-Radel, 5045.
Pétrarque, 2827, 2841, 3191, 3605, 3931, 4852.
Pétrone, 2897, 3696.
Peucer, 1107, 5539.
Peuchet, 7700.
Peutinger, 742.
Peyran, 3935.
Peyrard (F.), 5688.
Peyrat (Guil. de), 4587.
Peyraud de Beaussol, 6290.
Peyré (A.) 1063.
Peyrot, 1341.
Pezai (Mis de), 6251.
Pezron, (Dom.), 1568.
Phèdre (J.), 2407, 2993, 3875, 7055.
Phérotée de la croix, 1541.
Phila (Man.), 2877.
Philadelphe (Eusèbe), 4603.
Philarèthe, 4503.
Philibert, 534.
Philipp, 3615.
Philippe (J.), 3641.
Philippe (le R. P.), 843.
Philippe de Valois, 1701.
Philippon de la Madelaine, 2694, 3676, 7507.
* Philomèle séraphique (la), 931.
Philon, 5055.
* Philosophie d'une femme, 6762.
* Philosophie naturelle, 861.
* Philotésie (de la), 4768.
* Physionomie portative, 3182, 4647.
Pic (A.), 3802.
Picard (L. B.), 6570.
Picardie, I, p, 403, n°s 1128, 1433, 1434, 1850 à 1852, 3231, 3249. II, p. 437, 478, n°s 5367, 5735, 8097.
Pichart, 7697.
Pichler (Car.), 2347.
Pichon (baron J.), 4312. II, p. 46, 158, n°s 7924, 7932.

Pichot (A.), 1980, 6374, 6603.
Picot, 4057, 7701.
Picou (H. de), 4014.
Pictet (A.), I, p. 363, nº 3040.
Pidansat de Mairobert, 5956.
Pidou de Saint-Olon, 2049.
* Pièces curieuses sur la ville de Lille, 1400.
Pièces d'éloquence, 6754.
* Pièces de poésies, 3357, 4644.
* Pièces fugitives, 589.
Piémont, 2977.
Pierquin de Gembloux, II, p. 157, 185, 381, nº 2770.
Pierre Alphonse, 5841, *V.* Alphonse (P.).
Pierre d'Orville, 3087.
Pierrefonds, 1813, 4290.
Pierres, 8076.
Pierron (Al.), 74.
Piers (H.), 3256, 3258.
Pieters, 8320, 8320 *bis.*
Piffon, 7836.
Piganiol de la Force, 1119, 1639, 3534, 4927, 5160.
Pigeaire (J.), 908.
Pigault-Lebrun, 7702.
Pigoreau, 8321.
Piguerre (P. E.), 5230.
Piis (A. de), 2812, 3592.
Piles (de), 4571, 8241, 8271.
Pillet (F.), 2203.
Pilot (A.), 1615.
Pinard, 5605, 6953.
Pinault (M.), 5362.
Pinçon (P.), 8318.
Pindare, 73, 7829.
Pinet (Ant. du), 3165.
Pinetti, 502.
Pinœus (Sev.). 5499.
Pinon, 1435, 2861.
Pinto (F. Mendez), 841.
Piolin (Dom), II, p. 645.
Piossens (de), 8032.
Piot (Eug.), I, p. 296, 403, nº 3436.
Pipelet (Const.), 3835.
Pirard (F.), 842.
Pirou (Aimé), II, p. 477, 646.
Piron (Al.), 132, 961, 1004, 3062, 5703, 6148.
Pissot (N. L.), 4948, 5762, 6966, 7108.
Pistofilo (Bonav.), 412.
Pistollet de saint Ferjeux, 7682.
Pithœus (P.), 790.
Pithan, 721.
Pithou, 1456, 2529, 4802.
Pitaval (Gayot de), 5349.
Pitra (J. B. dom), 7298.
Pitre Chevalier, 2758, 4280.
Pitzipios (Jacq.), 7830.
Pixéricourt (G. de), I, p. 330.
Placide le Vieux, 4503.
* Plaidoyers d'un perroquet, 1694.
Plaingière (de), 507 *bis* et *ter*.
* Plaintes de la bibliothèque nationale, 8349.
Plaise (César de), 2817.
Plancher de Valcour, 3868.
Plancy (J. Collin de), 7063.
* Plaintes des filous, 7831.
* Plaisant discours (le), 6960.
* Plaisant jeu du dodéchédron, 5205.
* Plaisirs de l'amour (les), 6426.
* Plan de la ville et faubourgs de Paris, 4901.
* Plan de l'église Nostre-Dame de Boullongne, 8100.
* Plan de Paris, 4903.
* Plan relatif au programme, 5098.
* Plans et profils, 1613.
Planis Campy (de), 860, 879.
* Plat du Temple (le), 2538.
Platon, 19.
Plaute, 2498, 4498.
* Pleiade (la), 6604.
Plessis lez Tours, 1856.
Plessis Mornay (du), 5324.
Pleuvri (l'abbé), 1396.
Pline le naturaliste, 2115, 2127.
Plombières, 5380, 7656.
Pluche (l'abbé), 3677.
Pluquet, 1588.
Plutarque, 2130, 2295, 2683, 3927, 4880, 5708, 6619, 6930.
* Pluton maltôtier, 5973.
Pockocke (R.), 844.
Pocquet de Livonière (Ch.), 5741.
* Poëme sur la vie de J. C., 4355.
* Poésie (livres de), 85 et suiv.
* Poésie et la philosophie (la), 7040.
* Poésies satiriques, 2519.
* Poésie sur le jugement d'Hélène Gilet, 4755.
* Poésies des xve et xvie siècles, 803.
* Poggiana, 7994.
Poinsinet de Sivry, 3682, 7381, 7781.
Pointe (J. B.), 3227.
Poisson, 6492.
Poisson (Raym. et Phil.), 131.
Poisson (abbé L.), 4362.
Poitevin (Fr.), 5697.
Poitevin (Prosp.), 5423, 6988.
Poitiers, 1129.
Poitou, 1857 à 1859.
Poivre, 5260.
Poligny, 2742.
* Polissonniana, 8165.
Pollio (Trebellius), 8364.
Polo (Gil), 3709.
Pologne, 1501, 4667, 6725, 6889.
* Polonais (le), 7594.
Polyandre, 7832.
Polybe, 7136, 7629.
Polydor Virgile, 7630.
* Polymachie des marmitons, 1898, 6959.
Polynière (P.), 722.

Pommereuil, 7734.
Pommier, 2220, 2258, 3671.
Pommier de la Combe (A.), 2745.
Pompadour (marquise de), 1172, 4675, 5054, 6642, 6965.
Pompéi, 228, 1596, 4278.
Pompignan (Lefranc de), 1878.
Pomponius Mela, 315.
Poncelet (l'abbé), 863.
Poncet de la Grave, 5113.
Poncet de la Rivière, 1544.
Pongerville (de), 3199, 4841.
Pons de Verdun, 951, 6043.
Pont-à-Mousson, 1438, 3242.
Pontarlier, I, p. 334, nº 3259.
Pont-de-l'Arche, 1130. I, p. 583.
Pont-de-Veyle, 3246.
Pontanus (Joh. Is.), 6866, 7426.
Pontis (de), 3423.
Pontoise, 3556.
Pope, 2695, 5355, 8035.
Poquet (abbé), I, p. 334, nºˢ 1382, 1807, 4057.
Porta (J. B.), 985, 3694.
Porte (abbé de la), 2331.
* Portefeuille du diable, 5201.
* Portefeuille français, etc., 5654.
* Portrait des ivrognes (le), 2365.
* Portraits de tous les souverains, 1155.
Port-Royal, 5927.
Portugal, 2342, 2847.
Possevin, 6870.
Postel (Guill.), 3020.
Pothier (J.), 3929, 7833.
* Pot-pourri (le), etc., 5415, 6679, 7796.
Pottier (A.), 1841, 1862.
Pottier (Ch.), 2102.
Pouchot de Chantassin, 3800.
Pouhaer, 7631.
Pougens (Ch.), 66, 1698, 3194.
* Pouillé du diocèse de Toul, 1150.
Poujoulat, 3958, 3959, 5987, 6900, 7105, 8350.
Poulain de la Barre, 6647.
Poulain de Nogent, 1917.
Poulet-Malassis (A.), 1425.
Poullin de Lumina, 6652.
* Pouvoir du pape, 5990.
Povelsen, 2914.
* Pr....ade ou l'apothéose (la), 3062.
Prade (de), 1740, 5617, 6346.
Pradel (de), 648, 2254.
Pradelle (de), 1104.
* Pradine (la) ou les ongles rognés, 3516.
Pradon, 966, 2137.
Pradt (de), 3209, 4367, 4669, 6082 *bis*, 6083, 6768.
* Pradtiana, 7995.
* Pragmatique sanction, 6864.
Praroud (E.), 5366, 7941.
Prat (le P.), I, p. 323.
Prault, 1271 *bis*.
* Précis des événements militaires, 7212.
* Précis des procès-verbaux, 2236.
* Précis historiques sur la révolution, 6770.
* Prédicatoriana, 4780, 4781.
* Prédiction pour la fin du XVIIIᵉ siècle, 2169.
* Premier livre de Palmerin d'Olive (le), 5893.
* Premiers efforts (les), 2048.
Premont (de), 7742.
Preseau de Dompierre (de), 6684.
* Présentation de M. de Montmorency, 5623.
Preudhomme, 6075.
Prevost, 2144, 3758, 6789.
Priestley (J.), 914.
* Princesse Lionnette (la), 4190.
Priorato (G. G.), 1728.
Prioux (M.), 1796.
* Prise de l'Hélicon (la), 4273.
Priston, 7909.
* Priviléges accordés à la couronne de France, 649.
Probus (M. V.), 8421.
* Procédure criminelle, 4292.
* Procès criminel contre La Mole, 5294.
* Procès de Damiens, 7632.
* Procès de Louis XVI, 3454, 5752.
* Procès de Mᵐᵉ Lafarge, 8206.
* Procès des conspirateurs Hébert, etc., 2179.
* Procès d'Est. Dolet, 7011.
* Procès des trois rois (le), 3591, 5935.
* Procès du maréchal Ney, 6784.
* Procès du sieur Edouard Coleman, 7242.
* Procès instruit par le tribunal, etc., 5272, 5273.
* Procès-verbal de l'assemblée, 1256.
* Procez et amples examinations sur la vie de Caresme-Prenant, 8422.
Progin (X.), 3291.
Prohet (Cl.), 8124.
* Promenades alsaciennes, 1582, 7871 *bis*.
* Promenades de Clarisse (les), 4465.
* Promenades d'un artiste, 3806.
Prompsault, 7470.
Properce, 563, 1286, 2680, 4574.
* Prophétie qui n'a jamais été, 2169.
* Prosateurs, épistolaires, etc., 249 et suiv.
* Prouesses de maitre Renard (les), 3323.
Provence, 1044, 1050, 1131, 1132, 1133, 1336, 1340, 1345, 1439, 1440, 1853, 1854, 2777, 2778, 2795, 3900, 5884, 6601; I, p. 555.
Provenchères (Siméon de), 3280.
* Proverbes et dictons populaires, 1463.
* Proverbes, pensées, etc., II, nº 4822 à 4841.
* Proverbi motti, 4827.
* Proverbia gallica, 4825.

Provins, 1441, 1855, 2730.
Proyart (l'abbé), 1086.
Prudentius (Aur. Cl.), 7429.
Prudhomme, 5066.
Prud'homme (J.), 7930.
Prudhomme (L.), 1037, 4615, 6130.
Prunelle (G.), 7295.
* Psautier des courtisans (le), 340, 8411.
Psellus, 726.
Ptolémée (Cl.), 1936.
* Puce à l'oreille (la), 4343.
Puech (J. J. J.), 3673.
Puget de Saint-Pierre, 4061 5345,.
Puiseux (L.), II, p. 241, 325.
Puisieux (Mme de), 4236.
Puisieux (de), 6504.
Pujoulx, 4807, 4938.
Puligny, 1598.
Pulverini (J. H.), 704.
Puy-de-Dôme, 8120, 8129, 8136.
Pyere, 270.
Pyot, 3257.
Pyrénées (les), 1650, 2472, 2474, 2479, 2480, 2481, 2482, 2483, 2484, 2485, 2488, 2490, 2491, 2494, 2495, 3524, 4088, 4090, 4102, 6810.

Quatrebarbes (c^te de), 6194. I, p. 296.
Quatrefages (de), 7430.
* Quatre fils Aymon (les), 6032.
Quatremaires (Rob.), 3913.
Quatremère (E.), 7633.
Quatremère de Quincy, 5101, 8272.
Quatremère-Disjonval, 1158.
Quatremère-Roissy, 6910.
* Quelques recherches sur d'anciennes traductions, etc., 4777.
* Quelques recherches sur le tombeau de Virgile, 4778.
Quenneville, 8291.
Quenson, 1359, 3621.
Quérard, 1253, 7713, 8322 à 8325, 8351. I, p. 404; II, p. 101.
Querdu le Gall (de), 8.
Querlon (de), 3526, 6241, 7463.
Quesnay, 518, 8401.
Quesné (J. S.), 7082.
Quesnel (le P.), 671, 1492, 5760.
* Question religieuse en Orient (la), 6878.
Quevedo (de), 193, 2135, 5030, 8423.
Quicherat (J.), 2874, 3558, 5161, 5712, 6916.
Quinault, 981, 6480.
Quinet, 543, 6744.
Quinquet (B.), 5559, 8077.
Quinsonas (de), 4334.
Quintana (J.), 3736.
Quinte-Curce, 2017, 2722, 3068.
Quintilien, 7834.
Quillenbois, 5695.
Quillet (Cl.), 7783.
* Quinze joyes de mariage (les), 181.

Rabani-Beauregard, 2958, 8134.
Rabaut, 4495.
Rabbe, 3073, 6919.
Rabelais, 178, 179, 180, 1190, 1710, 3458, 4173, 5913, 6587, 7161.
* Rabelais réformé, 6650.
Rabelleau, 3783, 4228.
Rabestan (Ch. de), II, p. 615.
Rabutin (F. de), 4529.
Rabutin, comte de Bussy (R. de), 4605, 7135.
* Rachel (livres provenant de la bibliothèque de Mlle), II, n°s 6004 à 6029.
Racine (J.), 123, 272, 961, 3076, 4640, 4870, 5238, 5352, 5908, 5909, 7634, 7712.
Racine (L.), 2900, 6630. II, p. 645.
Racul, 1997.
Raepsaet (J. J.), 3401.
Raguenet, 1543, 4528.
Raguse (Marmont), 1968.
* Raillerie du gros Guillaume, 341.
Raimbert de Paris, 2643.
* Raimond, c^te de Barcelone, etc., 6531.
* Raison dans les bras (la), 6406.
Raisson (H.), 243, 4415, 4417, 4418, 4419, 4420, 4422.
Ram (J. de), 1942.
Rambures, 7835.
Ramée (D.), 1845, 2873. I, p. 181.
Ramon Fernandez (D.), 3714.
Ramond, 2490.
Ramond de Carbonnières, 4088.
Rampalle, 2389.
Ramus (J. F. F.), 7635.
Rangalé, 3945.
Ranghin (Fr.), 5519.
Ranke, 6386.
Raoul (Man.), 2399.
Raoul-Rochette, I, p. 330, n°s 4301, 4303, 5101, 7614, 8352.
Rapetti, I, p. 432; II, p. 297.
Rapin (le P.), 6856.
* Rapport exact de la position lamentable, 6548.
Rasiel de Selva, 202.
Rathery, 2121, 8424 à 8428.
Rault, 3694.
Rauquil-Lieutaud, 5480.
Ravaisson (F.), 3895.
Ravanne (de), 5168.
Ravel, 2952.
Raveneau (J.), 7431.
Ravrio, 6632.
Raymond, 3175.
Raymond (G. M.), 2638.
Raynal, 4582.
Raynal (abbé), 3509, 3683, 4444, 4635.
Raynal (H.), 6084.
Raynal (L.), 2954.
Raynaud (H.), 5528.
Raynouard, 650, 651, 2030, 2404, 5326, 5922, 7636.

Read (Ch.), 6800.
Real (F.), 4492.
Real (de), 652, 5791.
Réaumur (de), 3471.
* Recherches historiques et critiques, 6071.
* Recherches historiques et littéraires sur les danses des morts, 4749.
* Recherches historiques sur Jésus-Christ, 4756.
* Recherches historiques sur le château de Dijon, 4762.
* Recherches historiques sur l'origine, etc., 4782.
* Recherches sur les carrousels, 653.
* Recherches sur les épouses, etc., 6761.
* Récit de la conduite, 4209.
* Réclamation d'un citoyen, 4209.
* Record commission, 4217.
* Récréations des dames, 245.
* Recueil de chansons, 8368.
* Recueil de chansons choisies, 6975.
* Recueil de chansons historiques, satiriques et gaillardes, 8367.
* Recueil de comédies, 6329.
* Recueil d'édits, 4953.
* Recueil de divers écrits qui ont paru, etc., 8208.
* Recueil de diverses pièces curieuses, 2804, 3985.
* Recueil de lettres et tragédies, 7311.
* Recueil de lois, 8078.
* Recueil de l'ordre des jésuites, 3438.
* Recueil de notes manuscrites, écrites de 1792 à 1798, 8369.
* Recueil de pièces, 1524, 2718, 4591, 4654, 4982, 5311, 5333, 5427, 5432, 5451, 5452, 6183, 6302, 6303, 6363, 6394, 6425, 6521, 6522, 6538, 6635, 6835, 7099, 7433, 7435, 7437, 7836.
* Recueil de pièces authentiques, 6108.
* Recueil de pièces de théâtre, 6487, 6488, 6489, 6490, 6491.
* Recueil de pièces historiques sur la reine Anne, 7432.
* Recueil de pièces manuscrites, 7080.
* Recueil de pièces relatives au clergé, 7266.
* Recueil de pièces relatives au culte, 5333.
* Recueil de pièces sérieuses, 2427.
* Recueil de pièces sur les jésuites, 7279.
* Recueil d'épigrammes, 4331.
* Recueil de prières et hymnes, 4472.
* Recueil de procès politiques, 7433.
* Recueil de quatrains, 5664.
* Recueil de quelques pièces, 4574.
* Recueil de règlements, 3940.
* Recueil des consultations, etc., 1905.
* Recueil de sentences, arrêts, 1521.
* Recueil de six vues, 1124, 5155.
* Recueil des ordonnances, 3743.
* Recueil des plus beaux vers, 6534.
* Recueil des statuts, 4959.
* Recueil des traités de paix, 3965.
* Recueil de vers, 7637, 8370.
* Recueil général des caquets de l'accouchée, 342.
* Recueil général des estats, 1164.
* Recueil général des pièces du procès de M. de Gesvres, 7837.
* Recueil général des proverbes, 3679.
* Recueil historique, etc., 1884.
* Recueil intéressant de plusieurs pièces, etc., 4679.
* Recueil sur la musique, 6519.
* Recueil sur la question de sçavoir, 7438.
* Réflexions joyeuses, etc., 3638.
* Réflexions sur l'édit touchant la réformation, 8036.
* Réfutation de l'écrit intitulé ....., 654.
* Registre alphabétique des noms des auteurs, 1743.
* Règlements concernant les consulats, 6713.
Regnard, 136, 798, 961, 4625, 5707 6120, 7712.
Regnault, 5630, 8273, 8274.
Regnault-Warin, 1399, 6378, 7839.
Regnier (Aug.), 5234.
Regnier (M.), 111, 2911, 4141, 4614, 5676, 7127 à 7129.
Regnier, sieur de la Planche, 1166, 5819, 6197.
Regnier-Desmarais, 3988.
Regnier-Destourbet, 6310.
* Regula sancti P. Benedicti, 1215.
Reibisch (Martin de), 665.
Reid (Thomas), 3407.
Reiffenberg (de), 221, 5878, 8392.
Reims, I, p. 334, 538, n°s 1143, 1144, 1651, 1652, 1860, 2597, 3553, 3569, 4084, 4705, 4706, 5376, 6597.
Reinaud, 4010.
Reland, 6717.
* Relation de ce qui s'est passé, 3989, 4084.
* Relation de la bataille de Bergen, 3379.
* Relation de la captivité de la mère Angélique, 7439.
* Relation de l'ambassade de M. de Chaumont, 6731.
* Relation de la vie et de la mort, 4674.
* Relation des ambassadeurs vénitiens, 2076.
* Relation des malheurs, 2401.
* Relation des missions, 7442.
* Relation des voyages de Sœwulf, 3295.
* Relation du miracle, etc., 2734.
* Relation nouvelle, 2180.
* Religio universalis et naturalis, 7841.
* Religion saint-simonienne, 1295.
* Reliure des livres, 4763, 4764.
Remard (C.), 4466, 5375.

* Remarques historiques sur la Bastille, 5276.
* Remarques sur les Iphigénies, 3196.
* Remensiana, 8167.
Remigius (N.), 5532.
Remond de Sainte-Albine, 6319.
* Remontrances du parlement, 757.
Rémusat, 1980.
Rémusat (Abel), I, p. 331.
Rémusat (Mme de) 1321.
Remy (P.), 8275, 8276.
Renal (Ant.), 3998.
Renan (E.), II, p. 534.
Renard (A.), 6914.
Renaudot (Eus.), 561, 8431.
Renaudot (Th.), 7060, 7649.
* Rencontres (les), 2512.
* Rencontres, fantaisies et coq-à-l'âne (les), 5091.
Réné (le roi), I, p. 296, nos 6187, 6194.
Réné (Fr.), 537.
Rénée (A.), 5738.
Rengger, 6769.
Renier (L.), 4120.
Rennes, 1443, 4736.
Renon (abbé), 6344.
Renou (H.), 6231.
Renouard (A. A.), I, p. 330, 538, nos 4549, 5339, 5564, 6618, 8327 à 8329.
Renouard (J.), I, p. 330.
Renouard (P.), 1627.
* Répertoire anecdotique (le), 7957.
* Répertoire bibliographique universel, 4741.
* Répertoire de bibliographie spéciale, 4740.
* Réponse à Voltaire, 4334.
* Réponse de M. l'archevêque de Cambray, 7173.
* Réponse du bibliophile, 8294.
* Requête du curé, 4334.
* Requête du peuple parisien, 4940.
Resnel (abbé de), 4635.
* Résurrection du Sauveur (la), 88.
Rétif de la Bretonne, 210, 2992, 3316, 3324, 3966 à 3971, 4206, 4623, 5053, 5942, 5951.
* Retour des Bourbons, 2686.
* Retour de Zéphire (le), 5418.
Retz (card. de), 1200, 3417.
Reuilly, 6090.
* Réunion de six pièces rares, 8292.
* Réunion de l'Eglise russe (de la), 6884.
* Revelationes sanctæ Brigittæ, 4560.
* Rêveries d'un bourgeois de Paris (les), 5083.
Reveroni-Saint-Cyr, 8245.
Revilliod (Gust.), II, p. 18, 326.
* Révolution française, 349, 2849.
* Revue américaine, 4341.
* Revue anglo-française, 7704.
* Revue contemporaine, 1951.
* Revue d'Alsace, 7872.
* Revue de la Côte-d'Or, 1600.
Rey, I, p. 334, no 6398.
Reybaud (L.), 1978, 5012.
Reynac (l'abbé de), 2250.
Reynaud (J.), 1570, 2853, 7304, 7549.
Reyrac (de), 7840.
Rhin (le), 375, 5356.
Rhodes, 2621.
Rhodius (J.), 866.
Rhône, I, p. 334.
Riaux (Fr.), 3276.
Ribault de Laugardière (Ch.), I, p. 267; II, p. 589, 646.
Ribier (J.), 5624.
Ricard, 2130, 6619.
Riccati (Ch.), 7842.
Riccoboni (Mme), 3990, 6472.
Richard (A.), 2649, 5711.
Richard (abbé), 3344, 3469.
Richard (F.), 1355, 2944, 4570.
Richard (J.), 2943.
Richard (le P. Ch. L.), 374.
Richard-Simon, 7639.
Richardson, 227, 4497.
Richelet, 1691, 6079, 7508, 7509.
Richelieu (le card.), 4681, 7147.
Richelieu (maréchal duc de), 5995.
Richeome (L.), 8211.
Richer, 3803, 4788, 4815, 6377, 6670, 7120.
Richer (A.), 4433.
Richer-Serizy, 4406.
Richesource (J. D. S., sieur de), 2182, 5571.
* Rieurs anglais (les), 7959.
Rigaud (B.), 7444.
Rigault de Roquefort, 6690.
Rigoley de Juvigny, 1223, 2867, 5703, 7843.
Rio, 33, 2550.
* Riote du monde (la), 1708.
Riouffe (H.), 2226, 2667.
Riquet de Bonrepos (P. P.), 2561.
Riquier-Aldée, 6013.
Ristelhuber (Paul), 6813.
Rittershusius (Nic.), 5875.
Rivarol, 2211, 3211, 4282, 4785, 6663.
Rive (abbé), 6602.
Rivière (duc de), 2035.
Rivoire, 1078, 3248.
Robbé de Beauveset, 2267, 4374.
Robert, 734, 1665, 5227.
Robert (Dom Gérard), 8086.
Robert le jeune, 4252.
Robertson, 4536, 5435.
Robespierre (de), 4291.
Robinet, 318.
Roche (R. P.), 2950.
Rochefort, 1861, 7891, 7892.
Rochefort (de), 2090, 6259.
Rochegude (de), 2248.
Roche-Guion (Mlle), 5344.
Rochelle, 1228.

Rocher (du), 1018.
Rochette (Raoul). *Voy*. Raoul Rochette.
Rodolphe (P. C.), 5690.
Rœderer, 334, 1550, 2237, 2413, 3635, 4661, 5299, 8212, 8213.
Roger, 655, 1128, 1851, 5585.
Roger (E.), 847, 847 *bis*.
Roger (M. M.), 1116.
Roger (P.), 5367.
Rohan (baron de), 6688.
Rohan (duc de), 3442, 5056, 7236.
Rohault, 37.
Roisin (F. de), I, p. 296, nº 999.
Roland (Mme), 2469.
Rolland (président), 2548, 8214.
Rollin, 275, 991, 6439.
Romain-Cornut, 3140.
* Roman de la violette (le), 90.
* Roman de Mahomet, 93.
* Romans de Raoul de Cambrai (li), 1163.
* Roman de Robert le Diable (le), 88.
* Roman de Saint-Graal (le), 91.
* Roman des sept sages, 2429.
* Roman du Renart (le), 2149, 3922.
* Roman von Fierabras, 1687.
* Romans, contes, etc., 178 et suiv.
* Romant de Karlemaigne, 5896.
Romanelli (Dom.), 1596.
Rome, 586, 1067, 2977, 5399, 7734, 8190.
Romieu (Lanteaume de), 5837.
Romme (G.), 8170.
Rondonneau de la Motte, 5120.
Ronphyle, 2389, 2824.
Ronsard (P. de), 105, 6217, 6218, 6661, 7640.
Ronsin (Ch.), 5427.
Roquefort (B. de), 85, 363, 1210, 3587, 4025, 5125, 5203, 5635.
Roquefort-Flamericourt, 2241, 7445.
* Roses (les), 1891.
Rosny (Jos.), 2741, 3962.
Rosny (Luc. de), 6257.
Rosset (de), 1753, 1910, 2234, 5898.
Rossignol, 4021.
Rostan, I, p. 334.
Rostand (Mme V.), 2536.
Rostopchine (comte), 2663.
Rotrou, 3520.
Rou (Jean), p. 267.
Rouard, 1045, 1779, 4121.
Roubaud-Luce, 3174.
Rouen, I, p. 69, 363, nos 365 à 370, 1136 à 1142, 1862 à 1864, 2732, 3322, 5368.
Rouergue (le), 1334.
Rougemont (F. de), 5941.
Rougier, baron de la Bergerie, 4702, 6086.
Rouillard (Séb.), 578, 1409, 1984, 4728.
Rouillé d'Orfeuil, 1246, 1252.
Roujoux (de), 1054, 2582.
Roulez (J. E. G.), 3403, 5211.
Rousseau, 4421.
Rousseau (J. B.), 133, 2357, 2651, 7716.
Rousseau (J. J.), 133, 286, 287, 1231, 1875, 2630, 3528, 3572, 4144, 4559, 6114, 6352, 6469, 6662, 7436, 7638.
Rousseau (T.), 4466.
Rousseau de Basoches (B.), 5337.
Roussel, 2019, 2066.
Roussel (de), 5890.
Rousset, 4416, 6888, 6998.
Rousseville, 8140.
Roussier (abbé), 6519.
Roussillon (le), I, p. 471, nos 1444, 3547.
Roussillon (Gérart de), II, p. 101.
* Routier (le) des provinces méridionales, 2784.
Routhier, 4534.
Rouvrois (de), 7873.
Roux (abbé), 598, 5728, 6193, 8277.
Roux de Rochelle, 681, 5793.
Rouy, 4817.
Rovigo (duc de), 2032.
Roy, 2931, 3617.
Royaumont (de), 1169, 6709.
Rozières (de), 8353.
Rozoy, 4736.
Rozoy (de), 2727.
Ruarus, 588, 5954.
Rubis (Cl. de), 2796, 8178.
Ruelens (Ch.), 8079.
Ruffi (de), 5884.
Ruggieri, 1712.
Rulhière, 1894, 6725.
Ruscelli, 7047.
* Ruses du braconnage (les), I, p. 239.
Russie (la), 380, 3693, 4333, 4894, 4895, 5016, 6010, 6712, 6725, 6872 et suivants, 7299, 7327, 7790. I, p. 69.
Rutebeuf, 99.
Ryd (Val. Ans.), 744.

Sabatier, 2022, 3111, 7446.
Sabatier de Castres, 291, 4447.
Sabbathier, 6938.
Sablier, 1305, 2690, 2906, 4445.
Sacombe, 3832, 6289.
Sacy (le Maistre de), 2160, 2856, 7106, 7202.
Sacy (Silvestre de), I, p. 330, nos 3809, 6741, 7447.
Sacy fils (Silvestre de), 2623.
Sadous, 1507, 3800.
Saget (P.), 2792.
Sarge (avocat), 6766.
Saint-Acheul (J. de), 2826.
Saint-Albin (J.), 4043, 5663.
Saint-Albin (de), I, p. 310.
Saint-Allais, 657, 658, 659, 660, 2625, 2963, 5643, 5756.
Saint-Amant, 117, 6931.
Saint-André (de), 4171, 5524.

Saint-Ange, 6716.
Saint-Aubin (marquis de), 1919, 8024.
Saint-Augustin, 1243, 1299, 1739, 3949, 6031.
Saint-Chamars (vicomte de), 7191.
Saint-Cloud, 1118, 3692.
Saint-Cyr (abbé de), 7344.
Saint-Cyran (de), 3355.
Saint-Denis, 2726, 3317.
Saint-Denis l'Aréopagite, 1168.
Saint-Dié, 1653.
Saint-Domingue, 3156.
Saint-Edme, 1267, 1268, 5106, 7448.
Saint-Epain (de), 5600.
Saint-Evremont, 2937, 4154.
Saint-Foix (de), 267, 661, 980, 4936, 5353, 5911.
Saint-François (Dom. J. de), 1168.
Saint-Geniès, 7766.
Saint-Génois (le comte de), 2869, 3215, 5859.
Saint-Georges (H. de), II, p. 505, 561.
Saint-Georges-d'Aunay, 3556.
Saint-Geran, 2174.
Saint-Germain, 1126.
Saint-Germain (Stanislas de), 2767, 4735.
Saint-Gilles (de), 1306, 7382.
Saint Grégoire le Grand, 7449.
Sainte-Hélène, 6108, 6109, 7473.
Saint-Hilaire (de), 4562.
Saint-Hillaire, s^{r} de la Rivière, 4338.
Saint-Hippolyte, 4735.
Sainte-Hyacinthe (de), 3277, 6003, 6262.
Saint Ignace, II, p. 18.
Saint-Irénée, près Lyon, 4118.
* Saint-Jacques de la Boucherie, 5980.
Saint-Jean de Luz, 8147.
Saint-Julien, 1732.
Saint-Lambert, 140, 143, 1721, 7167, 7218.
Saint-Laurent (V.), 1838.
Saint-Lazare (de), 3273.
Saint-Léon (Mlle L. de), 7073.
Saint-Louis (P. de), 992.
Saint-Marc, 3749, 6434.
Saint-Marcel (de), 3503.
Saint-Marc Girardin, 769, 1038.
Saint-Mards, 7897.
Saint-Martin (J.), 5921.
Saint-Martin (de), 519, 662.
Saint-Martin de Chassonville (l'abbé), 4473.
Saint-Maixent, 1436.
Saint-Maurice, 664, 5763.
Saint-Maurice Cabany, 5604.
Saint-Maximin, I, p. 334.
Saint-Médard des Prés, 3896.
Saint-Omer, 3250, 3258, 8111.
Saint-Ouen, 7897.
Saint-Pierre (Bern. de), 215, 312, 1907, 4975, 4976, 5433, 5455, 5477, 6021, 6405, 7159, 7525.
Saint-Priest (de), 2310.
Saint-Prospert (A.), 7966.
Saint-Quentin (M.), 299.
Saint-Quentin, 1145, 1146, 1867. II, p. 241.
Saint-Réal (de), 1006, 4461, 7178.
Saint-Romain, 2862.
Saint-Sauveur, 6810.
Saint Sauveur (Raym. de), 5572.
Saint-Seine, 2964.
Saint-Simon (de), 739, 7140.
Saint-Surin (Mme de), 1636.
Saint-Symphorien le Château, 1404.
Saint-Venant, 8109.
Saint-Victor (de), 1964.
Saint-Victor (J. B. de), 7727.
Saint Victor (Richard de), 6034.
Sainte-Beuve, 2071, 3051, 5689, 6022, 7140.
Sainte-Croix (de), 335, 3110, 4370, 4628, 6526, 6741.
Sainte-Marie (Honoré), 5850.
Sainte-Marie Mariotte, 3667.
Sainte-Marthe (de), 663, 3741, 5580, 5854.
Sainte-Maure (Ch. de), 838.
* Sainte messe (la), 7107.
Sainte-Palaye (de), 4409.
Sainte Thérèse, 755.
Saintes, 1147, 4735.
* Saintes prières de l'âme dévote, 2857.
Saintonge, 7879.
Saisset, 8216.
Salas (Grégorio de), 3721.
Salaville (J. B.), 3168.
Sales (François de), 12. *Voy.* aussi François de Sales.
Salgues, 4300, 7314.
Sallengra (de), 239, 289, 4165, 4440, 4978, 5342.
Sallier, 216.
Sallo (de), 652, 5791.
Salluste, 4263.
Salm (Constance de), 4841.
Salmon (Gail.), 517.
Salmon (Ph.), de Sens, II, p. 155.
Salnove (Rob. de), 4308.
Saluces (le P. da Marquistat de), 5766.
Salvador, 13, 7430.
Salvandy (de), 2623.
Salverte (E.), 868, 1257, 2846.
Samarobriva, I, p. 334.
Sammarthanus (Sc.), 1921.
Sanadon, (P.), 2287.
Sanakeo, 2537.
Sancerre, 1654.
Sanchez (A.), 3734.
Sanchez (L.) 3738.
Sanctorius, 2989, 5500.
Sand (G.), 222, 3562, 4994.
Sanderus (Ant.), 2723.
Sandras de Courtilz, 559, 7209, 8372.
Sané (A.), 3329.
Sanial Dubay, 6390.

Sanlecque (le P.), 3062, 3516.
San Miguel (Tossino de), 3706.
* Sans chagrin, 4193.
Sanson, 8098, 8101.
Sanson d'Abbeville, 2132.
Sansovino, 666, 5792, 5880.
Santeul, 7115.
Sapho, 4293.
Sapinaud (de), 6581.
Sardaigne, 3881, 6533.
Sarpi (P.), 2339.
Sarazin, 119, 6082, 7641.
Sarrazin (A. de), 3414, 4539, 6773.
Sarrut (G.), 5106.
Sartorius (G.), 7844.
Sartory (Mme de), 3279.
* Satyre contre les femmes, 6756.
* Satyre du XIXe siècle, 2268.
* Satyre Menippée, 296, 336, 1714, 3443, 4878, 7170.
* Satyre sur les abbesses, 3049.
* Satyre sur les cerceaux, 2262.
* Satyre universelle (la), 4331.
* Satyres, 2263, 2269, 3699, 3700, 4503, 4506, 5441.
* Satyrique français (le) expirant, 2464.
Saugrain, 1118, 5574.
Saulcy (de), 848, 1411, 2565 à 2567.
Saulx (J. de) comte de Tavannes, 5963.
Saumur, 1655, 1869, 7899, 7901.
Saur (de), 7766.
Sautour (de), 1506.
Sautrau, 7642.
Sautreau de Marsy, 1763, 2883, 3453, 5962, 7225.
Santy, 8142.
Sauvage, 2324, 5603.
Sauvage (abbé), 2443, 2583.
Sauvage (Denis), 2851.
Sauval (H), 4925.
Sauvigny (de), 3767, 4063, 4930, 6859, 7705.
Savaron (J.), 1254, 3221, 5638, 5639, 8135.
Savary, 381, 7825.
Savenay, 7883.
Savigny, 2223.
Savinien d'Alquié, 856, 2390, 6220.
Savoie, 625, 1754, 5356.
* Savoisienne, 8038.
Savonarola, 4016.
Savot (L.), 5069.
Sawaszkiewiez, 849.
Sayous (A.), 2088.
Scaliger (Jos.), 6834.
* Scaligerana, 7996.
Scarpa (Fr.), 541.
Scarron, 120, 2718, 3083, 3516, 4040, 4153, 5089, 5975.
* Scènes lyriques, 7643.
Schedius (El.), 1565.
Schenckius (J. G.), 5573.
Scheuléer (H.), 6998.
Scheyle (Chr. de), 742.
Schiller, 2466, 6016, 6019, 6909.
Schlegel, 3616.
Schlichtegroll (D. Nath.), 2855, 5852.
Schmidt, 756.
Schneegans, 1657.
Schneider (C.), 894.
Schnitzler, 3088.
Schœll, 8330.
Schœpflinus (J. D.), 5557, 7710, 7874, 8080.
Schœtgenius (Ch.), 6544.
Schreiber, 7875.
Schrevel (Car.), 2660.
Schurigio, 535, 538, 539, 540.
Schoonhovius (Fl.), 7845.
Schwalbé, 19.
Schweighaeuser (J. G.), 7858.
Schwilgué, 7876.
* Science curieuse (la), etc., 5536.
* Sciences et arts (livres de), nos 17 à 63.
* Sciences naturelles et surnaturelles (livres de), nos 500 à 544, 694 à 736, 860 à 930.
* Sciences sur Golgotha (les), 7393.
Scobier, 667, 5579.
Scott (Ed. L.), II, p. 505.
Scott (Walt.), 3610, 4259, 4548.
* Scriptores erotici græci, 6356.
Scriverius (P.), 7245.
Scudéry (de), 2186, 2459, 4161.
Scylax, 3601.
* Séances générales tenues en 1842, etc., 3531.
* Séances générales tenues par la société française, 7706.
Sebundis (Ray.), 7257.
* Second miracle arrivé à Notre-Dame (le), 5084.
Secousse, 3743.
* Secrétaire de la cour impériale (le), 5636.
Sedaine, 112, 6291.
Sedan, 4112.
Ségalas (Anaïs), 3483, 7452.
Ségalas d'Achepare, 864.
Segoing (C.), 637, 668.
Segrais, 199, 1940, 3850, 3934, 7453.
* Segresiana, 5903.
Séguier, 3556, 8291.
Segundo, 6698.
Ségur (de), 947, 1283, 2067, 4983, 4991, 6895, 7188, 7644.
Seguret (abbé), 1497.
Seguy (l'abbé), 2829.
Seine-et-Marne, 3899, 4726.
Seine-et-Oise, 2959, 3244, 4724.
Seine-Inférieure, 2852.
* Seize propositions de Pierre Boutiquier (les), 5080.
* Séjours de Charles VIII et Loys XII, 7454.
Selis, 78.

Sellius, 2599, 3449.
Selva (Rasiel de), 1768.
Selves (J. B.), 4197, 6723.
* Semaine de l'histoire de Paris (une), 4947.
Semal (J.), 5589.
Semichon, I, p. 267.
Senac de Meilhan, 2920.
Senancourt (de), 6520, 6831.
Senarmont (de), 3214.
Senart, 1127.
Senault (J. F.), 669, 5761.
Senault (L.), 5900.
Senault (R. J.), 4298, 6543.
Sendivogius, 717.
Sénégal, 6102.
Sénemaud aîné, I, p. 583; II, p. 101, n°s 5599, 6811.
Sénèque (Ann.), 18, 1737, 3953, 5492, 7164.
Senlis, 1870.
Sens, 1445, 1446, 2789, 2790. II, p. 155.
* Sentences choisies, 4207.
Sept-Fons, 2559.
Septier, 1848.
* Septuagénaire (le), 4503.
Séré (F.), II, p. 45.
Sergent (A.), 7495.
Sergent-Marceau, 2351.
Serieys, 4339, 7802.
Sérigny (de), 5718.
* Sermon de Guichard de Beaulieu (le), 4002.
Serpette de Marincourt, 2530, 4519, 7707.
Serre de Beaucaire (V.), 2890.
Serres (J. de), 1454, 3628.
Serret (J.), 6833.
Serrure (P.), 3982.
Servan de Sugny, 6665.
Servières (Jos.), 5660.
Servin, 1864.
Sestini, 3333.
Seure (Jean de), 1625, 2591.
Sevelinges (E. L.), 952.
Sévigné (Mme de), 260, 261, 300, 1222, 3352, 7286, 8430.
Sévigné (marquis de), 2461.
* Sévigniana, 940, 7997.
* Sexe vengé par le sexe (le), 3054.
Seyssel (Cl. de), 330, 786.
Sèze (le comte de), 2136, 6783.
Shakespeare, 313, 3589, 4596.
Sheridan, 2011.
Shlower, 6798.
Shotti (And.), 8375.
Siam, 382, 7442.
* Sibyllina, 41.
* Sibyllina oracula, 3145.
Sicile, 2926, 5482.
Sicler (A.), 716, 5523.
* Siècles de la poésie française, 4494.
* Siége de Rouen, 1136.
* Siéges de Troyes, 2334.
Sigaud de la Fond, 909.
* Signes et prodiges (les), 5082.
Sigrais (de), 5965, 7741.
Silésie, 6405.
Silhon (de), 3126.
Silius Italicus, 5833.
Silva Sigueara (D. Garcias de), 6088.
Selva (Rasiel de), 8400.
* Silvestre (publications de M.), I, p. 391, 443, n° 803.
Silvio Pellico, 2451.
Siméon (Ant.), 1590.
Siméon (Anat.), 1, p. 403.
Simian (A.), 5280.
Simien, 2599.
Simler (Josias), 1310.
Simon, 670.
Simon (abbé), 1660.
Simon (Henry), 409, 6342.
Simon (J.), 7846.
Simon de Troyes, 2165.
Simond, 2703, 2925, 2926.
Simonon (Ch.), 1578 *bis*.
Simonville (de), 2099 *bis*.
Sincerius (Job), 7415.
Sind (baron de), 6685.
* Singe (le), 3195.
* Singularités anglaises, écossaises et irlandaises, 7961.
Sinner, 6613.
* Sire Benoist (le), 4286.
* Sirop-au-c., 1988.
Sismonde de Sismondi, 4583.
Sivry (de), 4092, 5292.
Sleidan (J.), 4530.
Smet (de), 3560.
Smith, 6992.
Smolett, 6940, 7155.
Snellaert (S. A.), 3559.
Sobry, 6370.
* Sociétés secrètes en Allemagne (des), 1271.
Soissons, I, p. 334, n°s 1148, 1865, 1871, 2558, 2772, 2976.
* Soixante ans, 6468.
Solanges (marquis de), 7408.
Solar, 2710.
Soleinne (de), 6283.
Soleirol (H. A.), p. 616.
Solerius, 7456.
Solis (Ant. de), 1915, 3729, 7535.
* Solitude de Tirsis, 2367.
Solleysel (de), 6687, 6699.
Somerville (W.), 7944.
* Songe (le), 8412.
* Songe de Polyphile, 3008, 6252.
* Songe ou démon véritable (le), 339.
Sonnet, sieur de Courval (Th.), 2928.
Sonnerat, 2913.
Sonnini, 2913, 3814.
Sophocle, 74, 4269, 7615.
* Sorberiana, 7999.

Sorbier, 1511.
Sorbonne (Robert de), 3204.
Sorel (C.), 4680, 5568, 7832.
* Souffle de Zéphire (le), 5659.
* Souhaitz faitz à Tournay (les), 4006.
Soulavie, 2131, 3330, 3532, 4212, 7708.
Soulary (Joseph), II, p. 353, 380, 617.
Soulié (E.), 8265.
Soulié (Fr.), 1134, 2784, 3562.
Soumet (A.), 3479, 6906.
* Soupirs des muses (les), 5417, 5658.
Sourdeval, 3650.
* Souvenirs d'un homme du monde, 7962.
* Souvenirs numismatiques de la révolution de 1848, 360, 361.
* Souvenirs relatifs à quelques bibliothèques, 4767.
* Souvenirs relatifs à saint Paul, 4770.
Souvestre (Em.), 6215.
Souvigny, 1149.
Sozzi (de), 652, 5791.
Spallanzani, 7847.
Spallart (R. de), 4302, 7052.
Spanheim, 1532, 4161.
Sparhs (Jared), 1195.
Sparrman, 6096.
* Spécimen de la fonderie de J. Didot, 8081.
* Spécimen des caractères de l'imprimerie Paul Renouard, 8083.
* Spécimen des caractères de la fonderie de Torey et Virey, 8082.
* Spécimen des nouveaux caractères, 3296.
* Spectriana, 7998.
Sperlingius, 38.
Speusippe, 1507.
* Sphinx aux Œdipes (le), 2327.
Spinosa (B. de), 2979, 7148.
Spon, 2677, 5245, 5501, 7646.
Sprat (Th.), 7848.
Staal (Mme de), 3584.
Stabenrath (de), 1142.
Stace, 1931.
Stachlin (de), 3443.
Staël (Mme de), 2192, 2672, 2918, 2926, 3216, 7272.
Stanhope (comte), 6364.
Stanislas Ier, 7435.
* Statuts synodaux de feu, etc., 6070.
* Statuts de l'ordre de Saint-Michel, 675, 5584.
* Statuts de l'ordre du Saint-Esprit, 673, 674.
* Statuts du diocèse d'Angers, 7911.
* Statuts, priviléges, 4958.
Steele, 203, 8378.
Stellartius, 1755.
Stengellius (G.), 5341.
Sterne, 3509, 4027.
Stochove (de), 817.
Stoupe, 8354.
Stourdza (A. de), 6875.
Strada (J. de), 792, 2333.
Straparole, 183.
Strasbourg, I, p. 334, n°s 1656, 1657, 2977, 3217, 4094, 4095, 7861, 7862, 7864, 7866, 7867, 7876, 7877.
Sturm (J. J.), 5801.
Strutt, 5194.
Struys (Jean), 6890.
Suard, 2344, 3489, 5191.
Suarès (R. P. J.), 2635.
Subligny, 1926.
* Subtiles conceptions des plus excellents esprits, 2719.
Sud-Europe (de), 645.
Sue (P.), 533, 3660.
Suède, 3693, 6889.
Suétone, 2018.
Suisse (la), 1310, 2703, 3350, 3530, 6105, 8341.
Suizerus (H.), 3350.
Sully, 7289.
Sulpice Sevère, 4041.
* Supplément au Roman comique, 6540.
* Supplément aux mémoires de J. J. Rousseau, 3050.
Surruges, 2663.
* Sur le petit almanach, 4331.
Surville (Mme de), 163, 7628.
Sussaneus (Hub.), 7232.
Svignine (P. de), 3154.
Swanton, 3583.
Swedenborg, 6817, 7110.
Swift, 211, 236, 2089, 5470, 5972, 6945, 7287, 7457, 8408, 8409.
Swinden, 529, 6842.
Sy (marquis de), 5295.
* Sylvæ sacræ, 1891.
Sylvain Maréchal, 274.
Synesius, 4038.
Syrie, 818, 827, 828, 831, 833, 3958.

* Tableau des mœurs françaises, 5944.
* Tableau généalogique, 3395.
* Tableau moral du cœur humain, 3152.
* Tables des matériaux biographiques, 3135.
* Tablettes biographiques, 2450.
* Tablettes chronologiques, 5786.
* Tablettes de Rennes, 1443.
* Tablettes de tous les ministres, 5780.
* Tablettes des muses, 2013.
* Tablettes romaines, 4221.
Tabourot (L.), 3446.
Taché (J. C.), 7458.
Tacite, 323, 2016, 5959.
Tahureau, 6049.
Taillandier, 2977, 3778, 5359.
Taillefer, 2166, 3997.
Tailliar, 4720.
Talassa-Titei, 6048.
Talbot, 917, 7459, 7725.
Tallemant des Réaux, 2219, 3564.

Talma (veuve), 6444.
Talvy, 6747.
Tancarville, 1447.
Tancoigne (J. M.), 1696.
Tandon (A.), 1338.
Tansillo (L.), 2848, 5311.
Tanski, 7647.
* Tant mieux pour elle, 7823.
Tanzi (Ant.), 5212.
Tarbé (Prosper), I, p. 392; II, p. 437, nos 1348, 3432, 3434, 4084, 6354.
Tarbé (Th.), 1446.
Tardif-Desvaux, 7896.
Tardinus (J.), 7046.
Tardiveau (A.), 4736.
Tarenne (G.), 2255, 6363.
Tarn, 2771.
Tarsia (G. D.), 62, 7054.
Tartarie, 3210, 4210, 6097, 6872, 6873, 6890.
Taschereau, 1553, 3098, 3162.
Tassin, 1377, 1790, 1820, 1850, 2778, 4075, 4698, 7709.
Tasso (Torq.), 172, 173, 984, 1908, 3488, 3510, 4508, 4863, 5452, 6562, 7058, 7292.
Tassoni, 3614, 6144.
Tastu (Amable), 2825.
Taulero (Giov.), 7460.
Tauvry (D.), 720.
* Tavole genealogiche, 5594.
Taylor (baron), 1978, 3373, 3374, 8218.
Taylor (John), 8218.
Taylor (le major), 4504.
* Taxes des parties casuelles, 383.
* Teatro italiano, 6481.
Teisserenc, 4906.
Teissier (L.), 3218.
Telcky de Szek (Jos.), 5526.
Tellier, 1998, 4315.
Temple (le chevalier), 6944.
* Temple du bonheur (le), 1914.
Teucé (Ul.), 3291.
Tencin, 3246.
Tencin (Mme de), 280, 4425.
* Ténèbres du champ Gaillart (les), I, p. 41, 125, no 6956.
Teotochi Albrizzi (Isabelle), 7053, 7267.
Térence, 82, 4015, 4458, 5199, 6096, 7319, 7648.
Ternaux-Compans, 971, 1233, 8355.
Ternisien-d'Haudricourt, 6058.
Terra-Rubra (J. de), 1247.
Terrasson (A.), 1895, 1928.
Terrebasse (A. de), 8219.
Terre sainte (la), 804, 805, 806, 807, 808, 809, 811, 815, 820, 824, 825, 825 *bis*, 827, 830, 840, 845, 846, 847 847 *bis*, 857, 858, 859.
Terrucci, 3637.
Terwecoren (Ed.), 2103.
Tessereau (Abr.), 678, 678 *bis*, 5720, 5844.
Tesson (L. de), 850.
* Testament de J. G. L. Apffel, 7878.
* Testament (Nouveau), 3817, 4375, 4986, 6658, 7202.
* Testament de Charles II, 6990.
* Testament d'un juif (le), 3180.
* Testaments sérieux et burlesque, 4185.
Teste-Lebeau, 1227.
Tétard, 7071.
Texier, 2102, 6885.
* Texte d'alchymie (le), 898.
Thabaud de Linetière, 4117.
Thalbert, 5183.
* Thé de l'Europe (le), 3134.
* Théagènes et Chariclée, 1194.
* Théâtre (ouvrages sur le), II, nos 6283 à 6341, 6442 à 6496.
* Théâtre burlesque, 5071, 6484.
* Théâtre de M. l'Affichard, 6314.
* Théâtre des boulevards, 987, 3826.
* Théâtre européen, 3585.
* Théâtres (les), 6456.
* Théâtres étrangers (chefs-d'œuvre des), 1980.
Thébaïde (la), 814.
Theiner (Aug.), 749.
Theis (de), 4627.
Theocharopoulos de Patras (G.), 2845.
Théocrite, 72, 1470, 3274, 5176.
Théodore de Blois (le P.), 1861.
* Théologie (livres sur la), nos 1 à 16.
* Théologien d'estat (le), 5087.
Théolophre, 2683.
Théophile, 112, 3995, 7160, 8434.
Théophraste, 29, 1886, 4632, 5336, 6939, 7574, 7576.
* Théorie de l'intérêt, 1526.
Thesauro (Em.), 4037.
Theseus de Coulongne, 6033.
Theveneau de Morande, 2195, 2245, 5932.
Thevenot (de), 852, 2520, 6269.
Thevet (André), 851, 6892.
Thibaud (E.), 8278.
Thibault IV, comte de Champagne, 6354.
Thibaut de Marly, 1462, 2354, 6991.
Thiebaud de Bernaud, 4727.
Thiébault, 2255, 3993.
Thiebault de Strasbourg, 5210.
Thiers, 2318, 2784, 3926.
Thiers (J. B.), 61, 237, 1221, 4018, 4612, 7000, 8220.
Thierry (Aug.), 2597.
Thiéry, 4513, 4966, 4967.
Thiéry de Verdun, 2053.
Thionville, 2631, 3218, 4064.
Thoisnier-Desplaces, 8331.
Thomas, 1218, 1369, 3176, 3865, 1493, 4500, 7892.
Thomas a Kempis, 3786.
Thomas-d'Aquin (saint), 3452.
Thomas, sieur d'Embry (Artus), 2376.
Thomasi (Th.), 7061.

Thomasini (J. Ph.), 7461.
Thomassu, 1419.
Thomassy (Raym.), 1417, 8477.
Thommerel, I, p. 363, 391, nos 1774, 7494.
Thompson, 582, 4596.
Thou (de), 1204, 1667, 1723, 3820, 6206.
Thouars, 3908.
Thouret, 510, 2687.
* Thrésor du stile et protocolle (le), 679.
* Thuana, 7993.
Thucydide, 320, 786.
Thurot (A.), 7371.
Tibet (le), 6090.
Tibulle, 1320, 2120, 2680.
Tiffaine, 1748.
* Tigres couronnés (les), 2652.
Tillet, 3261.
Tilly (comte Alex. de), 6272.
Timon, 7650.
Tinassi (N. A.), 3358.
Tiphaine, 6511, 6971.
Tirel (L), 7462.
Tiron le Courtoys, 5651, 8358.
Tirso de Molina, 3734.
Tissot, 1266, 2036, 4550.
Tite-Live, 322.
Titon du Tillet, 277, 680, 5794.
* Tocsin au roy (le), 3994.
* Toilette de Flore (la), 8022.
Toll (A.), 714.
Tollot, 853.
Tolon (P. Maurice de), 924.
* Tombel de Chartrose (le), 3149.
Tombouctou, 2705, 5015.
Tommaseo (N.), 2076.
* Topographer for the years 1789 (the), 4365.
Tonquin, 7442.
Torcy (de), 7814.
Tormes (Laz. de), 194, 195, 954.
Torquemade (Ant. de), 3633.
Tory (Geoffroy), 5177.
Toscan (G.), 7847.
Touchard-Lafosse, 1081, 4140, 4932.
Toul, I, p. 334, nos 1150, 4066.
Toulongeon (de), 1718, 2465, 2689.
Toulouse, 1151, 1152, 1448, 1449, 1451, 1658, 1872, 2554, 2727, 4729, 4731.
* Touquetiana, 8001.
Tourailles (P.), 7914.
Touraine, 1153, 2102, 3746, 6499.
Tourcoing, 2831.
Tourguenef (J.), 7942.
Tournay (M.), 6852.
Tournay, I, p. 334, no 5362.
Tournoelle, I, p. 334.
Tournon (comte de), 586.
Tourtoulon (de), I, p. 364, 432; II, p. 101, nos 680 *bis*, 5598, 6812.
Tourvil (de), 3456.
Toussaint, 6423.
Toussaint du Plessis, 4916.
Toussaint Saint-Luc (R. P.), II, p. 505, 616.
Towneley (J.), 3595.
Trabouillet, 465.
* Tracas de Paris, en vers burlesques, 5090.
* Tragédie de Me André (la), 3830.
* Traité complet de la chasse au fusil, 7946.
* Traité complet sur les chevaux, 6708.
* Traité de la comédie, 7312.
* Traité de la peinture, 1241.
* Traité de la poësie française, 8371.
* Traité de l'autorité royale, 5785.
* Traité de paix, 6993.
* Traité des cérémonies, etc., 7249.
* Traité du choix des livres, 4744.
* Traité du véritable point d'honneur, 7302.
* Traité historique, 6947.
* Traités très-rares, 7229.
* Traitté de l'origine des cardinaux, 3977.
* Traittez des baromètres, 8039.
Travenol, 932.
Travers (J.), I, p. 392; II, p. 437, 450.
Traversier, 6165.
Trebatius (Bern.), 3420.
Trebutien (G. S.), II, p. 450.
Trenck (Fréd.), 1918.
* Trépas, obsèques et enterrement de François Ier, 5167.
* Très-curieuse et chevaleresque histoire (la), 5230.
* Très-sérieuses remontrances, 3686.
* Trésor des pièces rares et inédites (le), I, p. 14, 42, 126, 211, 268; II, 409.
Tressan (de), 387, 846, 1170, 2328, 4266, 5017, 5681, 5682.
Tresse (Th.), 4736.
Trèves, 2976.
Trévoux, 1726, 2746, 2970, 6501, 7510, 7511.
Trianon, 3692.
Tricaud (abbé), 1209, 5778.
Tripoli, 6726.
Tristan, 3520.
Tristan de Léonois, 6036.
Tristan l'Hermite, 118, 4652, 8415.
Trithème (abbé), 6851.
Troche, II, p. 449, nos 5140, 5161.
Trognon (A.), 3539, 5007.
* Trois éoliennes, 5446.
* Troisième et quatrième appel, 4017.
Troude (A. E.), 1574.
Trouvé (baron), 3793, 7264.
Troyes, I, p. 444; II, p. 214, 382, nos 1154, 3551, 4983, 4707, 4708.
Trublet (l'abbé), 3861, 4454, 8222.
Trussler, 4636.
Tubero (Horatius), 3019.
Tuccaro (arch.), 63.
Tunis, 853, 6726.

Turgy (de), 3424.
Turlot (F.), 4911.
Turnèbe (A.), 1879, 3031.
Turpin, 92, 682, 3467, 5806, 6835.
Turquie, 814, 825, 832, 857, 5481, 7341.
Twici (Guil.), 1776.

Ubeda (Lopez de), 3731.
Uchard (Bern.), 1347 *ter*.
Ulphilas, 3402.
Urbain (A.), 2096.
Urfé (H. d'), 5670, 7126.
Uribald, 7675.
Urrea (de), 3724.
Ursinus (J. H.), 1565.
* Usage de quelques langues (de l'), 3058.
Uvier (J.), 985.
Uzès (Bargeton), 7230.
Uzier (Ant.), 2797.

Vacher (abbé), 5138.
Vachet (J. Ant.), 4637.
Vadé, 938, 2999, 4645.
Vadé (J. J.), 5180.
Vaillant, 6495.
Vaines (Dom. de), 683.
Vairasse (Denis), 204, 1216.
Vaisse (L.), 407, 6165.
Vaissete (Dom.), 1398.
Valachie (la), 1213.
Valart (Jos.), 568, 3093, 7352.
Valbonnays (de), 1614, 1614 *bis*.
Valdès (D. Ant.), 3706.
Valdory, 1293, 1899.
Valenciennes, I, p. 41, nos 1452, 1659, 3907, 4719.
Valentin (Georges), 3303, 6098.
Valentin (Fr. Bas.), 724, 1795.
Valentin (L.), 3391.
Valère-Maxime, 2426.
* Valérie, ou lettres, 5490.
Valéry, 2069, 2415, 3881, 5477.
* Valesiana, 8002.
Valesio (Fr.), 5189.
Valle (Rob. de), 6997.
Vallemont (de), 706.
Valette, 6593.
Valette (abbé), 2769.
Valin (R. J.), 1825, 7893.
Valincourt (de), 1291.
Valkir de Serouville (N.), 2191.
Vallain, 684.
Vallet de Viriville (A.), I, p. 334, nos 3946, 5162, 6904, 6917.
Vallier, 4591.
Vallio (J. B. du), 4226.
Vanderbourg, 7628.
Van Effen, 6262.
Van Tenac (Mlle), 6190.
Van Uliet, 4861.
Vapereau (L.), II, p. 589.
Varenius (Bern.), 7765.
Varenne (J. de), 1609.
Varenne (de la), 4621.
Varet (A.), 795.
* Variétés historiques, physiques, etc., 4448.
Varillas (de), 1239, 1938, 1939, 5767, 5787.
Varin, 2597, 3955.
Varsovie, 3209, 6083.
Vasse (Mme de), 580.
Vasserot (Ph.), 5096.
Vatan (de), 7515.
Vatout, 1383, 1616, 1780, 2051, 4401.
Vattier, 2000.
Vauban, 1540, 4951.
Vaublanc (le comte de), 2041, 2988. II, p. 618.
Vaucluse, 2759, 8334.
Vaud (le pays de), 3935.
Vaudelin (le P.), 7039.
Vaudoncourt (de), 1235.
Vaudoyer (A. L. T.), 5135.
Vaudreuil (comte de), 3675.
Vaugelas (de), 3068.
Vaugeois (Gab.), 1626.
Vaugirard, 2972.
Vaulabelle (Ach. de), 1978, 7322.
Vaultier, 7816; II, p. 158.
Vauprivaz (du Verdier, sieur de), 2010.
Vauprofonde, 3280.
Vauquelin des Yveteaux, I, p. 336.
Vauvenargues, 6984.
Vaux (L. de), 1677.
Vauxelles (Jean de), 8366.
Vaysse de Villiers, 5158.
Veau-Delaunay, 2102.
Vegèce (Fl.), 548, 7314.
Vegroux (A.), 7468.
* Veillées françaises (les), 3186.
Velez de Guevara, 3734.
Venaissin (le), 5884.
Vendée (la), 2758, 2761, 6581.
* Vendée pratique et pittoresque (la), 1453.
Vendôme, 1660.
Vendomois, 6710.
Venel, 878.
Venette, 6734, 8217.
Venise, 788, 3207.
Ventura (le R. P.), 4673.
* Vénus populaire (la), 241, 2436.
Venuti (abbé), 2965, 5189.
* Vêpres pour la fête, 4466.
Vera (D. Antonio de), 2707.
Verdier, 511, 7851.
Verdier (du), 2867.
Verduc (L.), 719.
Vergani, 3780.
Verger (V.), 4878.
Vergès, 484, 6162.
Vergier, 6974.
Vergnaud-Romagnesi, I, p, 295, 334, 538.
Verhulst (G. de), 8234.

* Véritable art du blason (le), 685.
* Vérité révélée (la), 3581.
* Vérités du siècle, 3511.
Vermandois, 2782.
Vermond (abbé de), 5427.
Verneuil, I, p. 583.
Verneuilh-Puyraseau (de), 2955.
Verneur, 1228, 2440.
Vernier, 5997, 6389, 7651.
Verniquet, 5094, 5095.
Vérone, 2157.
* Vers burlesques envoyés à Scarron, 8463.
Verrier de la Conterie (le), 7933, 7934.
Versailles, 1118, 1125, 2976, 3264, 3491, 3692, 3872, 5124, 5158, 5160, 5398.
Vertot, 325, 686, 2578, 3545, 5602, 5734.
Vertron (de), 7466.
Verville (Baroulde de), 185, 1982.
Vesin, 2991.
Vesone, 2780, 3917.
Vespasiano (Ch.), 2008.
Vessaire (de), 4663.
Veuillot, 6882.
Viane (Girard de), 6354.
Vichy, 5380, 7656.
Victorius (P.), 7137.
Vida (M. J.), 1934, 5048.
Vidaillan (de), II, p. 73. n° 6715.
Vidalin, 4664.
Videl (Louis), 5619.
* Vie anecdotique... du Dauphin, 2178.
* Vie d'Anne de Stuart (la), 7791.
* Vie de David, peintre, 3081.
* Vie de dom Barthélemy, 7023.
* Vie de Judas Iscarioth, 4186.
* Vie de la vénérable mère Catherine de Bar, 4072.
* Vie de la séraphique mère Térèse (la), 6552.
* Vie de M. de Lantages, 5989.
* Vie de M. de l'Hôpital, 936.
* Vie de Mme Lanoé-Menard, 1093.
Vie de S. A. S. Louise Adélaïde de Bourbon-Condé, 6626.
* Vie de saint Fiacre, 1798.
* Vie de saint Ignace, 1517.
* Vie d'Etienne Dolet, 7009, 7010.
* Vie d'Olivier Cromwell (la), 7792.
* Vie du fameux Gargantua (la), 3385.
* Vie du P. Sébastien-Sicler, 753.
* Vie du législateur des chrétiens, 7852.
* Vie et les opinions d'un bijou (la), 7385.
* Vie (la) et les faits mémor., etc., 4035.
* Vie heureuse (la), 2839.
* Vie, mort, et passion de N. S. Jésus-Christ, 4191.
* Vie privée ou apologie, 7467.
* Vie privée ou apologie de Monseigneur, 4394.
Vielh de Boisjolin, 2889.
Vienne, 3245, 4081, 4082, 5885.
Viennet, 2252, 4503.
Viette (Barth. de), 6656.
Vigée, 6294.
Vigenère (Bl. de), 536, 1896.
Vigerus (F.), 1165.
Vigier de la Pile (Fr)., II, p. 129.
* Vigilles du roy Charles VII (les), 5827.
Vignemole, 2977, 3524.
Vigneul-Marville (de), 290, 3478, 4443.
* Vigneul-Marvilliana, 8003.
Viguier (Nic.), 687, 5615, 6844.
Vignon Rétif de la Bretonne, 8224.
Vigny (Alfr. de), 5994.
Vilate, 4492.
Vilette (marquis de), 3964.
Villain (abbé), 6639.
Villain (L.), 5107, 5108.
Villamont, 4600.
Villarceaux (marquis de), 1035.
Villars (Mme de), 4425.
Ville (Ant. de), 688.
Villehardouin, 3558, 5226.
Villemain, 1980, 2070, 3585, 4532, 5314, 6782.
Villencourt (de), 2036, 4231.
Villeneuve (comte de), I, p. 334.
Villeneuve-Bargemont (de), 689, 6621, 7912.
Villeneuve Trans (marquis de), 2976.
Villeroy (de), 8419.
Villette, 5313.
Villette (Ch. de), 2887, 7420.
Villevaut (de), 3743.
Ville-Thierry (Gérard de), 4328.
Villiard (l'abbé), 1051.
Villiaume (M.), 6763.
Villiers, 5275.
Villiers (abbé de), 1242, 2260, 5870.
Villiers du Terrage, 7192.
Vilon (Fr.), 3643, 7168, 7469, 7470, 8363.
Vimont (Barth.), 6039.
Vinaricky (R. Ch.), 8185.
Vinçard, 8084, 8085.
Vincennes, 1118, 1124.
Vincent, 1661.
Vincent (Jacques), 5829.
Vinci (Léonard de), 46, 51, 8280.
Vindé (Morel de), 7176.
Vineaux (de), 2268.
Vingtrinier, 2020.
Viollet-le-duc, 1990, 1991, 1992, 1993, 2060, 2177, 2911, 3465, 3613, 4283, 4503, 5104, 5233, 5401 à 5403, 5696.
Viollet-Leduc (bibliothèque), I, n°s 1990 à 2074, 2160 à 2276, 2376 à 2556, 2662 à 2722, 2882 à 2942, 3044 à 3075, 3176 à 3216, 3273 à 3296-*bis*, 3475 à 3529, 3676 à 3704, 3849 à 3893, 4254 à 4301, 4427 à 4483. II, 4484 à 4513, 4972 à 5027, 5398 à 5496, 5654 à 5703, 6272 à 6282, 6442 à 6496.

Viret (L.), 4677.
Virgile, 80, 547, 2125, 2679, 2697, 3408, 3689, 3790, 4129, 4132, 4363, 4486, 4759, 4790, 6076, 6852.
Virgile (Polydore), 2515, 7464.
* Virgile goguenard (le), 1986, 7085.
Visconti, (J. B. pr. de), 784, 2351, 5287.
Vitet, 1478, 1845, 3232, 6280 à 6281 *bis*.
Vitruve, 583, 4143.
Vitry (Aubert de), 831.
Vitry (Philippe de), 6354.
Vivarais, 1661.
Vivien, 3828, 7660.
Vivier (le), I, p. 334.
Vizé (de), 3120, 3196, 3415, 7753.
* Vocabulaire nouveau, 1573.
* Vocabulario degli academici della Crusca, 4847, 7512.
Vœnius (Oth.), 268.
Voiart (El.), 3936, 6747.
Voisenon (abbé de), 3091, 5170, 6419, 6835.
Voisin (A.), 3982.
Voisin (le docteur F.), 7274.
Voiture, 115, 1933, 6145, 8040.
Volkna, 5184.
Volney, 5758, 7471, 8041.
Voltaire, 151, 152, 267, 286, 308, 309, 310, 311, 311 *bis*, 734, 855, 961, 1240, 1490, 1760, 2014, 2084, 2662, 2854. 3143, 3153, 3334, 3527, 3528, 3619, 3759, 4046, 4201, 4209, 4558, 4837, 5042, 5479, 6025, 6026, 6027, 6028, 6029, 6353, 6474, 6605, 6635, 7134, 7138. 7398, 7433, 7545, 7597, 7713 *bis*, 8225, 8405.
* Voltairiana, 932, 8004, 8005.
Vopiscus (Fl.), 8364.
Vosges, I, p. 334.
Vouziers, 2783.
* Voyage d'Alcimédon, 7823.
* Voyage dans les Pyrénées franç., 1442.
* Voyage dans mes poches, 6578.
* Voyage descriptif de Paris, 4969.
* Voyage d'Espagne, etc. 3192.
* Voyage du roy François Ier, 7894.
* Voyages en France, 7711.
* Voyage en Islande, 2914.
* Voyages en Syrie, Palestine, etc., 804 à 859.
* Voyages et travaux des missionnaires, 6617.
* Voyage pittoresque, 5236.
* Voyages, 804 et suiv.
* Voyages de Jésus-Christ (les), 859.
* Vrai Cagliostro (le), 8196.
Vriendts, 5772.
* Vue de la ville, 1149.
* Vues des villes, édifices, 4476.
Vulson de la Colombière, 2820.
Vulteius (J.), 107.

Waddington (Ch.), 2622.
Waddington (Fr.), I, p. 267.
Wailly (L. de), 3590, 4548.
Wailly (H. de), 7622.
Wakhoucht (Tserevitch), 5306.
Walckenaer, I, p. 330, n°s 1465, 1485, 3500, 3604, 3810, 4058, 4469, 5223, 6845, 6985, 7855.
Wallace, 7269.
Wallet, 8093.
Walsh, 1363.
Walton (Is.), 4027.
Wappen, 5586.
Warbuton, 8438.
Warden, 4196.
Warens (Mme de), 3372.
Wartel (le P.), 1399.
Washington Irwing, 3102.
Watelet, 47, 5905, 6307.
Watkins, 2447.
Wedderbud (D.), 2317.
Wedelius (G.), 870.
Weigel (A. G.), 8332.
Weigelius (Chr.), 1763.
Weimars (Loève), 3623.
Wells, 694.
Wendrock (Guil.), 4629, 6836.
Westreenen de Tiellandt, 8085 *bis*.
Wilhems, 4007.
Willebrand, 6524.
Willem (A.), 6234.
Willems, 3560.
Willis (R.), 2374.
Wimpfenn (le baron de), 6051.
Winckler, 4346.
Winkelmann, 553, 4546, 8281 *bis*.
Wiquefort (de), 6088, 6872.
Witsen-Geysbeek, 2009.
Wittart (Cl.), 4566.
Wlgrin de Taillefer, 2780, 3917.
Woillez (E. J.), 5757.
Wolowski, 8226.
Wolters, 690, 691, 692, 5803.
Wuk Stephanowitsch, 6747.

Xaupi (abbé), 5809.
Xénophon, 20, 1514, 3070, 7474, 7717.

Ymbert, 3687.
Young (A.), 2579, 3052, 3533, 3700, 6638.
Ysaie le Criste, filz Tristan de Léonois, 6030.
Yves (le P.), 3426.

Zallony (M. P.), 1213.
Zaoaire, 884.
Zélande, 2869.
Ziegler, 5440.
Zipoli, 6937.
Zur-Lauben, 5056.

FIN.

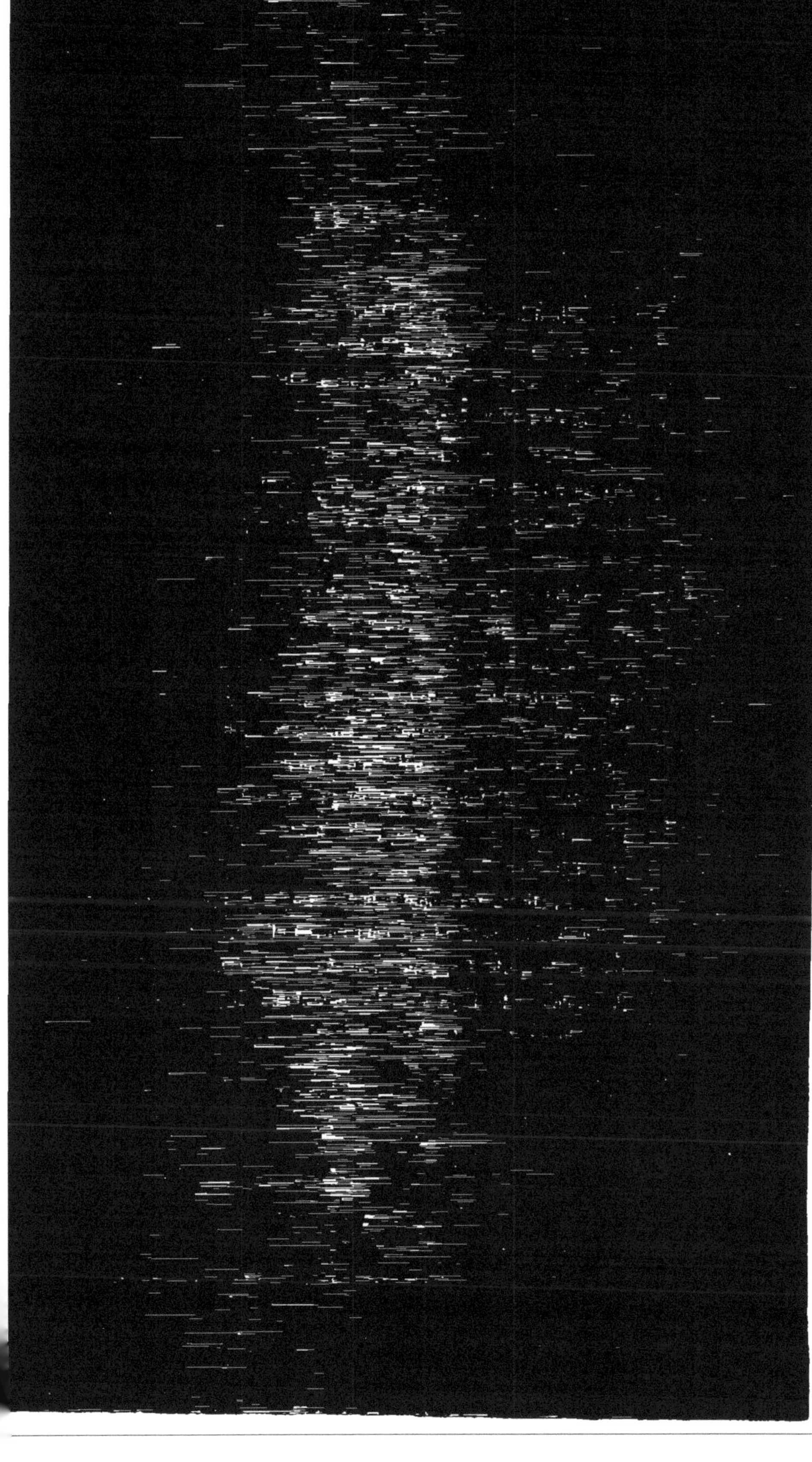

AVIS

La Librairie curieuse et historique que nous avons fondée il y a quinze ans, renferme aujourd'hui plus de 80,000 volumes, tant anciens que modernes, dont les titres sont publiés successivement dans le *Bulletin du Bouquiniste.*

Les livres que nous acquérons quotidiennement sont rangés immédiatement et classés dans la série à laquelle ils appartiennent; de cette façon les amateurs qui visitent notre Librairie peuvent, sans perte de temps, mettre la main sur ce qu'ils recherchent.

Les bibliophiles y trouveront également tous les livres tirés à petit nombre, parus en France et à l'étranger. Les ouvrages qui se recommandent par la beauté du caractère, l'élégance du format, la finesse du papier (*le plus souvent en papier de fil*), qui enfin résument toutes les qualités du beau bibliographique, sont toujours exposés sur nos rayons. C'est en cette qualité que les amateurs pourront y rencontrer les belles publications sorties des presses de L. Perrin, de Lyon; de Fick, de Genève; de Parker, d'Oxford; et toutes celles de la Société des bibliophiles françois.

Si nos clients désiraient échanger quelques ouvrages contre ceux qu'ils trouveraient indiqués dans notre Bulletin, nous nous empresserons de les satisfaire. Nous nous chargerons également d'acquérir à l'amiable tous les livres dont ils voudraient se défaire, ou d'en dresser le catalogue pour une vente aux enchères.

Paris. — Imprimerie de Pillet fils aîné, rue des Grands-Augustins, 5.

www.ingramcontent.com/pod-product-compliance
Ingram Content Group UK Ltd.
Pitfield, Milton Keynes, MK11 3LW, UK
UKHW022132190726
13855UKWH00003B/1105

9 782013 071130